それでも神はいる

遠藤周作と悪

今井真理

慶應義塾大学出版会

それでも神はいる——遠藤周作と悪　目次

第一章　それでも人間は信じられるか——遠藤周作とアウシュヴィッツ

「どんなに白い白も、ほんとうの白であったためしはない。一点の翳もない白の中に、目に見えぬ微少な黒がかくれていて、それは常に白の構造そのものである。白は黒を敵視せぬどころか、むしろ白は白ゆえに黒を生み、黒をはぐくむと理解される。存在のその瞬間から白はすでに黒へと生き始めているのだ。（中略）どんなに黒い黒も、ほんとうの黒であったためしはない。（中略）存在のその瞬間から黒いはすでに白へと生き始めている……」

谷川俊太郎「灰についての私見」

二〇〇五年三月、ワルシャワは雪に覆われていた。例年より雪の量は多いという。雪はいわゆるパウダースノウといわれるもので、掌にのせるとさらさらしていた。そして、ときおり吹く強い風に運ばれ、コートの襟を立てても首筋に入ってきた。ワルシャワは戦争により何度も破壊されては人々が蜂起し、その繰り返しのなかで今日を迎えていた。

ワルシャワから二時間半ほど汽車に揺られて古都クラコフに着く。中世の様相を残したこの街の中心には、古い教会があり、その周りには畳一畳ほどの夜店が並んでいる。店の売り子の女たちは寒さのためか頬を赤らめ、客を見てもだれ一人愛想笑いすら浮かべてはいない。その側では帽子をかぶった老人が石段に腰をかけ、カヴァとよばれるコーヒーの入ったカップを両手で包むようにして飲んでいた。そこからさらに車で鬱蒼とした森の中にはいると、アウシュヴィッツ収容所が見えてくる。

一九三九年、九月。かつてポーランド軍の基地であったオシフィエンチム市を含むその一帯は、ナチスによりその名前を「アウシュヴィッツ」に変更された。翌一九四〇年、ポーランド住民の大量逮捕を計画していたナチスは、人口密集地から離れ、交通の便もよいこの地に、捕虜収容所を設立した。所長にはルドルフ・ヘスが任命された。そして一九四一年末、毒ガスによる集団虐殺が始まった。

囚人たちの数がさらに増大するとアウシュヴィッツ捕虜収容所は新たに増設された。私たちが写真などで目にする「労働は自由に（アパルト・マハト・フライ）」と書かれた鉄門があるのが第一収容所であり、鉄道の引込線が証拠として保管されているのがそこから二キロほど離れたビルケナウにある第二収容所である。そしてさらにモノビッツに第三収容所が設立された。

これらの収容所で第二次世界大戦中、約五年間にわたり、ユダヤ人をはじめ、ポーランド、チェコ、ユーゴスラビア、フランス、オーストリアなど多くの国の人々が連日三千五百人ずつ、収容された。その約一割が労働のために生かされ、残りの九割の人間が収容所に到着後、すぐに抹殺された。これらの大量虐殺については改めて述べるまでもない。この残虐な行為に対しては多くの書物が出版された。なかでも心理学者ヴィクトル・E・フランクルの『夜と霧』には捕虜たちの様子が克明に描かれている。アウシュヴィッツに収容された囚人たちは「恐怖と苦悩」にとらわれる期間がすぎると、如何なる事態にも無感動になるという。たとえば収容された十二歳の少年が何時間もはだしで雪の上に立たされ、その後も戸外労働をさせられたため足の指が凍傷になり、目の前で軍医がその指を引き抜くときですら、彼らは、それをただ静かにみているのである。「この瞬間、眺めているわれわれは嫌悪、戦慄、同情、昂奮、これらすべてをもはや感じることができないのである」とフランクルは記した。

雪道を踏みしめ第一収容所の鉄門をくぐると、煉瓦色の棟が見えてくる。現在は博物館として保存されている棟の中には、囚人たちの遺品が陳列されていた。義足、運動靴、そして眼鏡の山があった。次の部屋には、切り取られ、高く積まれた髪の毛があった。髪は黄ばみ、三つ編みのまま切り取られたものもある。その髪の毛はドイツに運ばれ、薄茶色の布になった。布は拡げてガラスケースの中に保管されていた。案内役の大柄な女性博物館員がいまだにトルエンガスの臭いが消えない、と顔をゆがめた。それはガスの臭いというより、あたかも髪を切られた多くの人間が発散する臭いのようだ。別の棟には囚人たちの寝床が展示されていた。二メートル弱の段が三段あり、各段それぞれに七、八人の人間が寝かされた。寝床は水平ではなく足のほうが多少低く斜めに造られていた。そのほうが窒息しにくいという。次の展示室へ移動するため幅が三メートルほどの廊下に出ると、多数の囚人たちの写真が両側の壁に貼られ、その下にはひとりひとりの名前が書いてあった。写真は正面、右向き、そして同じ右向きで少し身体を斜めにした三ポーズで、彼らは皆、縦縞の囚人服を着て頭は丸坊主に刈られていた。彼らの眼はまるで一度眼を閉じると二度と開かないことを怖れているかのように、異様に見開かれていた。私はある少年の写真を探していた。エリ・ヴィーゼル。ハンガリーに住むユダヤ人であり、僅か十五歳でアウシュヴィッツ収容所に収監されながら、解放の日まで生き抜いた。そして彼は後にその時の想いを『夜』と題して出版した。

エリには父母と姉、そして幼い妹がいた。彼の家族は列車でビルケナウの収容所に着くなり、そのホームで「選別」と呼ばれる儀式を受けた。役にたたない老人、女、子供は右、働けるものは左、というように一人一人が命の選別を余儀なくされた。右に行けばガス室行き、左へ行けば死の強制労働が待つ。ガス室には多いときには一度に約二千人が収容され、チクロンBと呼ばれたガスが流入された。

父とともに労働力として選別され、宿舎に向かって歩かされていたエリが眼にしたものは、地中に掘られた大きな穴だった。穴の中には焔が揺れていた。ナチはエリと父の目の前で、赤ん坊や幼児を、生きたまま穴に放り込んだ。それでもなお、祈りを唱える父に憤りを感じたエリが次に見たものは、母と妹たちが焼かれ、煙突から空に向かって立ちのぼる煙だった。その夜、エリはこう綴った。

「私の〈信仰〉を永久に焼き尽くしてしまったこれらの焔のことを、けっして私は忘れないであろう。生きていこうという欲求を永久に私から奪ってしまった、この夜の静けさのことを、けっして私は忘れないであろう。

私の神と私の魂とを殺害したこれらの瞬間のことを、また砂漠の相貌を帯びた夜ごとの私の夢のことを、けっして私は忘れないであろう」

十五歳の少年は、私の神は殺害されたといいながらも、いったい、神はどこにおられるのだ、と何度もつぶやき、自分の背後から漏れてくる仲間たちの同じ声を聞く。「神様はどこだ。どこにおられるのだ」という。いったい神はどこにおられるのだ——声にはならないこの言葉は人々の心の中で幾度叫ばれていたことだろうか。この悲惨な状況を前にしてもし神がいるのならあなたはなぜ黙っているのか。


フランソワ・モーリヤックはエリに面会した後、「一挙に絶対の悪を発見したこの幼い魂のなかで神が死んだ」（『夜』序文）と述べ、こう自問した。「では私は、神は愛なりと信じている私は、この若い話相手にいったいなんと答えることができたであろうか」と続けた。神は愛なり、この言葉をアウシュヴィッツの現実は幾度となく打ち砕く。そしてこの少年は、収容所で起こる悲惨な現実を前に、もし神がいるのなら、なぜ黙っているのかという問いを我々の喉元に突きつける。

壁に貼られた多くの写真のなかからエリの顔を見つけることはできなかった。虐待された彼らの写真は、そこで仕打ちを受けたものにしかこの苦しみはわからない、と私の想像すら拒んでいるかのように思える。胸のつまる残虐な品々を眼にすることが、私がここに来た目的ではなかった。棟の外に出て大きく深呼吸をしようとすると、向かいの棟の前に物干し棒のような鉄棒が見えた。後ろに写真付きのパネルが二枚、説明入りで展示してあった。読むまでもなくそれが囚人たちを吊るす道具だとすぐに判った。死者の吐いた息が、私の躰の中を這っていくようで、思わず吸い込みかけた息を止めた。雪はやむことなく降り続いていた。

遠藤周作が初めてアウシュヴィッツを訪れた一九七六年、その日もまた雪が降っていた。遠藤は収容所の門をくぐり、やせ細った囚人たちの写真、うずたかく積まれた義足、髪の毛、眼鏡など各棟に展示されたものを見る。そして「神はいるのか」「人間は信ずるに足るか」と自らに問いかけた。思えば遠藤は数多くの作品のなかで信じることの意味を問い続けてきた。それは決してこのアウシュヴィッツのような特殊な環境ではなく、たとえば『わたしが・棄てた・女』の森田ミツのような、駅や街で見かける女性を登場人物に設定し、人間がどれほど他人を愛せるか、信じることができるかを問いかけた。私も、家庭崩壊や裏切り、また友人への不信などの不安を抱えていた。しかしこのアウシュヴィッツで、私の不安などとるに足りない。

大量殺戮が行われたこの地で、神は愛なりという言葉を打ち砕く悪を目の当りにした夜、遠藤はそれでも「人間は信ずるに足る」と書き記したのである。

遠藤周作が戦後初の留学生としてフランスのリヨンに留学したのは一九五〇年のことである。フランスの現代カトリック文学の研究が目的であった。すでに「カトリック作家の問題」「堀辰雄覚書」

など若き評論家として出発していた遠藤は、この留学を機に小説家として生きていく決心をした。

　リヨンでの日々は、遠藤に人間の心に潜む深い闇を強く意識させた。霧深い夜に行われる、白人の女を悪魔に捧げる黒ミサを知り、それについての本を読みあさった。悪の行われた場所を見たかった、という遠藤は、情慾の果てに我が子をガスで殺した女の裁判を、何度も傍聴している。街を歩いていると古い建物の壁に「一九四三年ゲシュタポ（独逸秘密警察）は、この建物の地下室で拷問を行った」という文字を見つけた日もあった。さらにナチだけでなく多くのフランス人が戦後、ナチに協力した同胞を処刑していたことにも衝撃を受けた。自分と同じ日本人もまた南京で多くの中国人を虐殺していた。決して特殊な人間たちによってこれらの残虐な行為が行われたのではなかった。

　さらに遠藤が「闇」の問題を考えた一つのきっかけは一九五一年に訪れたリヨンの南部アルデッシュのフォンスで見たある井戸だった。その井戸の中には抗独運動者が、同胞で無実の仏人を対独協力者と見なし拷問、虐待し、棄てた死体があった。正義の名のもとに処刑は行われた。しかし、いかなる正義も「悪」になりうると遠藤は述べ、「このほの黒い、人の叫び訴えるような声がきこえる井戸の底に、ぼくは、人生の一つの投影を見に来たのだ」と同年三月二十三日の日記に記している。

　その後、遠藤は病に侵され、療養のため、パリ郊外のジュルダン病院に入院した。そこで彼は忘れられない光景に出会う。クリスマスに近い日、彼は車椅子に乗せられた一人の中年の女性とすれ違う。彼女はまるで骸骨のように痩せていた。看護師からこの女性はナチの収容所で医学実験の材料に使われ、いろいろな菌をうえつけられたと聞かされる。収容所では、人体実験がくりかえされ、特に幼い双子の兄弟、姉妹などは実験の材料として使われた。遠藤は留学中にアウシュヴィッツの写真展を見に行くなど、知識としては、ナチの収容所におけるさまざまな残忍な行為を知っていた。しかし、実際に悲惨な仕打ちを受けた人間を見たのはこの時が初めてだったという。そしてその時遠藤は、ナチだけではなく、「ヨーロッパの悪の深さ」を意識したのである。

遠藤が二年半の留学を終えて日本に帰国したのは一九五三年二月のことである。若き批評家としてフランスに旅立った遠藤は病気と挫折を味わい、一人帰国した。しかし遠藤がもち帰ったのは、それらの苦しい体験だけではなく、西洋の土地に芽生えた「悪」の種もまたポケットの奥底にしのばせていたのである。

帰国後、遠藤は堰を切ったかのように人間の持つ闇の部分を描き出した。情欲と悪の問題に取り組んだ「マルキ・ド・サド評伝（I）」「マルキ・ド・サド評伝（II）」。そして、一九五五年に芥川賞を受賞した『白い人』は次のような書き出しで始まる。

「一九四二年、一月二十八日、この記録をしたためておく。聯合軍（レ・ザリエ）はすでにヴァランスに迫っているから、早くて明日か明後日にはリヨン市に到着するだろう。（中略）聯合軍に対するナチの憎しみは昨日から、リヨン市民に注がれている。（中略）ナチに限ったことではあるまい。聯合軍（レ・ザリエ）であろうが、文明人（ユーロペアン）であろうが、黄色人（ジョンヌ）であろうが、人間はみな、そうなのだ。今日、虐殺されるものは明日は虐殺者、拷問者に変わる。明日とはリヨン市民が牙をならして、逃げ遅れたドイツ人、彼らを裏切った協力者(コラボラトウール)にとびかかる日だ。マルキ・ド・サドはうまいことを言っている。

……かくて人間の血は赤くそまり
その目は拷問の快楽に赫き……」

遠藤は性衝動が悪を志向する世界、そしてナチスドイツ占領下のゲシュタポの執拗なまでの拷問、サディズム、と徹底して悪を志向する対独協力者の主人公を描く。最後には拷問に屈せずに舌を噛み切る神学生にむかって、「おまえの自殺にかかわらず、悪は存在しつづける」と主人公に嘆かせた。拷問を行った者はフランス人だけではない。ナチスのドイツ人だけでもない。世界のあらゆる国で残虐な行為をした者はいる。しかし彼らは生まれながらの極悪人ではなく、日常はごく普通の人間だった。その人間が「戦争」という局面で悪に手をそめていく。そこには被虐と加虐の悦びすら感じられる――こう考えたとき遠藤のなかで、密かに悪に対する想いが少しずつ形を変え始めた。悪は日常の世界にこそ存在する。それは人間一人一人の心の奥底に潜んでいる。遠藤の持ち帰った種は、日本という湿った土の中に埋められ、徐々にその根を地中へと伸ばし始める。

遠藤が帰国してから十八年が経った一九七一年の五月、やはり神の沈黙を問う一つの芝居が劇団民芸により上演された。ロルク・ホーホフートの『神の代理人』である。ホーホフートは一九六三年この作品を描くまではまったく無名の作家だったが、この作品によってハウプトマン賞奨励賞を与えられた。かつて遠藤が『沈黙』の発表によりカトリック教会から一時、彼の作品が排除されたように、ホーホフートの『神の代理人』もまたローマ法王庁からの批判を浴びていた。

舞台は一九四二年八月、ベルリン駐在ローマ法王庁大使館。神の代理人である法王は、法王庁とドイツ政府との複雑な関係から、ユダヤ人虐殺問題を公然と非難することはなかった。法王庁のお膝元のローマ市街でユダヤ人狩りが行われ、カトリックのユダヤ人が多数逮捕されたときですら、教会はユダヤ人を匿うだけで、ヒットラーへの公然とした批判は行わなかった。法王の沈黙は続いた。法王庁が何もできないのならと、リカルドという一人の神父がユダヤ人・ヤコブソンの身代わりとなり、自らナチに捕えられる。しかし、逃げた筈のヤコブソンはまた捕まってしまう。神父は、それならと今度は彼を自分の代わりに脱出させようとするが失敗し、結局ヤコブソンは殺されてしまう。この作品は第二次世界大戦中に、多くのユダヤ人が大量虐殺されたその時、ローマ法王は何故黙っていたのか、という視点で描かれている。

当時ジュネーブの赤十字ですら、ドイツ占領地域における難民救済が困難になることを恐れ、ユダヤ人殺害を公然と批判することは出来なかった。しかし、そのときに法王庁は一九四一年、四二年にわたって、少数民族を圧迫することは許されない、とのメッセージを出している。さらに、数千人のユダヤ人を修道院に匿った。ナチはその報復として、まずはじめにカトリック信者のユダヤ人を見せしめに収容所送りにした。

この作品が日本で上演されたとき遠藤は新聞に劇評（一九七一年五月十日、毎日新聞・夕刊）を書いた。演出、装置、俳優が優れている点を述べたあと、ホーホフートが描く、ローマ法王の内面に疑問をなげかけている。ローマ法王の内面的苦悩はこれほど淡泊なものではなく、胸中はもっと複雑であったと記した。ユダヤ人捕虜収容所を前にして「人間のくらい内部を覗くよう」だと述べた遠藤は、法王を含め、人間を一つの面で捉えるのではなく、深層心理とサディズムなど、心の奥底を掘り下げようとした。深層心理に関して遠藤が大きく影響を受けたのは、ユングとフロイトであった。人間の根元的なものを考えるとき、フロイトは人間の意識下にあるものはすべて抑圧されたものであり、性的なものを含めマイナスであるとした。一方ユングは無意識の領域には性的なものより、人間にとって最も大切なものがあると説いた。たとえ意識下にあるものが罪の温床であったとしても、遠藤はむしろ「意識下にあるものに神に志向する種が隠れている」というユングの思想に共鳴する。たとえば日本人の罪意識を問う作品『海と毒薬』のなかで、捕虜の生体解剖実験に参加する主人公の一人、医師・勝呂の心が、いつか神を志向するものに変わればいいという希望を持っていた、と後に遠藤自身告白している。悪にまみれた人間ゆえに神を志向する、救いを求める。しかし、大量虐殺が行われたアウシュヴィッツでもなお神を志向すること、人を信じることは可能なのだろうか。そう考えたとき、遠藤のなかに一人の人物が浮かび上がる。マキシミリアン・マリア・コルベ神父である。

神父は一八九四年にポーランドで機織り職人の息子として生まれた。幼いときに、赤と白の冠を持っている聖母の幻を見たという。その冠が、それぞれ殉教と修道生活であると知りつつ、彼は聖母に向かって「その両方の冠を下さい」といった。その後、彼は修道院に入り、ポーランドのニエポカラノフで「聖母の騎士会」をつくる。遠藤は一九七六年にワルシャワを訪れた際、このニエポカラノフという村を訪ねている。神父は一九三〇年四月には長崎を訪れ、布教のために「聖母の街」の設立を目指し、結核を患いながらも印刷技術を日本に伝えた。そして一九四一年五月、ナチを批判したことから捕えられ、他の収容所に一旦収容された後、アウシュヴィッツに移送された。

その年の八月一日、収容所で一人の脱走者が出た。その報復にナチは十人の囚人たちを無作為に選び、処刑することになった。指名された一人の男が妻子に別れの言葉を唱え嗚咽したとき、神父が、身内のいない自分をあの男の身代わりに、と親衛隊の将校に申し出た。彼は食糧はおろか、一滴の水すら与えられない飢餓室に連れていかれ、殺害された。遠藤はアウシュヴィッツを訪れた後、小説『ワルシャワの日本人』『カプリンスキー氏』で収容所や神父を描いている。さらに一九七三年に発表した『死海のほとり』でコルベ神父を「マディ神父」として登場させている。小説のなかで神父に救われた男はその一カ月後、再びナチに連行され、二度と宿舎には戻らなかった。実際に神父に命を救われた男はフランチーシェック・ガイオニチェックという。解放の日まで生き抜いたが、愛する二人の息子はすでに亡くなっていた。

そしてもう一人、遠藤は注目すべき人物を『死海のほとり』に設定している。コバルスキ、あだ名を「ねずみ」と呼ばれた修道士である。彼もまた神父同様、収容所に捕えられていた。しかし彼は、ナチを相手に都合のいいときは修道士だったことを利用し、キリスト教徒の警備兵を見つけては、楽な仕事を回してもらっていた。都合の悪い時はそんなものとは無関係だといって小狡くたちふるまう、何をやらせても無能な男だった。そのコバルスキがガス室行きの選別をされたとき、膝がしらは痙攣し、恐怖のあまり尿を漏らす。しかしその時、尿を漏らしながら、彼は最後の日の食糧となるコッペ・パンを、仲間の一人に手渡す。今まで彼はこの一つのパンを得るためなら、どんな卑怯なことをした男だった。

「コバルスキはよろめきながら温和しくついていきました。その時、私は一瞬――一瞬ですが、彼の右側にもう一人の誰かが、彼と同じようによろめき、足を曳きずっているのをこの眼で見たのです。その人はコバルスキと同じようにみじめな囚人の服装をして」いたと。このようすは、後に描かれる『侍』の一場面を思いおこさせる。死にゆく侍に向かって与蔵が「ここからは――あの方が、お供されます」といったあのシーンが。コバルスキの横を歩く「その人」はねずみや囚人たちの命を救うことは出来なくても、囚人の横を共に歩いていく。この姿こそが、遠藤が繰り返し描き続けたイエス像なのである。収容所は、ひとたび誰かを思いやればたちまち死へ行きつく。つまり、愛が死を意味する世界だった。しかし、そのような極限の世界で、誰かの身代わりになることは出来なくても、たとえばたった一切れのパンを人に譲ったねずみのような多くの無名の人がいた。ここに遠藤は「復活」をみる。遠藤はイエスの復活について、二つの意味づけをしている。一つはイエスが神の生命のなかで永遠に生きつづけること。そしてもう一つはイエスの教えが人々の心のなかに何時までも再生することである。神父の行為はイエスの死のイメージが頭になければあり得なかったかもしれぬし、一見弱虫に見える囚人たち、たとえばスープ一杯のために人を殴り、他人のパンを盗む人間も、神父を思い出すことがなければ、パンやスープを他人に与える行為などしなかったかもしれない。それは遠藤にとってまさしく「愛」の復活にほかならない。

一九八〇、八一年に描かれた『女の一生』のあとがきで遠藤はこう述べた。

「もちろん五年前、ポーランドのアウシュヴィッツ収容所をたずね、地獄とも言うべきこの大量虐殺の場所でコルベ神父が人間の尊厳を示してくれた飢餓室の前に立ったことも、この小説を書かせる別の切掛けともなった」

この小説でも「愛がない世界なら愛をつくらねば」と唱えたコルベ神父の姿が克明に描かれている。また一方、ここでは収容所の副所長ハインリッヒ・マルティンが登場する。彼は幼い頃、花についた虫に火を付け、その虫が逃げまどうさまに快感を感じた男であり、また我が子と同じ年の子供たちを毎日ガス室に送る男だった。しかし、彼は家庭では良き夫、良き父であった。彼は決して収容所のことを家庭では話さなかった。それは所長のヘスも同じで、日常の世界ではあくまでもモーツァルトの「レクイエム」が好きな家庭を愛する男だった。その男が、収容所では悪に加担する心理を、同じ条件下では誰にも起こりうる、と遠藤は述べている。加虐、被虐それぞれの悦びはどんな人間のなかにも悪の根を伸ばし、その人間を蝕んでいく。それでも人間は信ずるに足るか、と遠藤は問うのである。

囚人棟の前に立つとドイツ兵の監視棟の向こうにヘスの家と小さな公園が見える。ヘスをはじめドイツ人将校たちは目の前の棟の中で囚人たちを処刑し、休みの日にはこの公園で子供たちと遊んだ。子供たちはここで「捕虜ごっこ」をしていた。逃げ回る囚人役と追いかける将校役、まるで鬼ごっこのような遊びに興ずる子供たち。数メートル先で何が行われているのか知る由もないその子供たちの声が、どこかから聞こえてきそうな気がした。

雪は相変わらず降り続き、博物館員の女性が紺色のマントのフードを、窮屈そうに頭に被せた。私は恐る恐るこの収容所を案内するのは辛くはないか、と尋ねた。はじめは家に戻ると吐き気に襲われ、夜眠ることもできなかったが、今では慣れてしまったとこちらの顔を見ずにいい、彼女は足早に次の棟の中に入った。最初の部屋には、ガラスケースが並び、その中には囚人たちの入所した日が記された紙が陳列されていた。「マキシミリアン・コルベ」の名前もたくさんの名前のなかにあった。隣の部屋には赤ん坊の産着や、子供服が壁一面に貼ってあった。説明もほとんどせず、足早に部屋を移動する博物館員について行くと、使った毒ガスの空缶の展示が半分を占めていた部屋もあった。四畳ほどのスペースにうずたかく積まれた運動靴も、歯ブラシも、あまりの量にそれを使っていた人間の存在を思い起こすことすら不可能に思えた。しかし、私が一番こたえたのは次の部屋だった。そこには山積みにされたトランクがあった。硝子越しに見える埃をかぶったトランクには「ハンナ」「ピーター」「アンナ」などの名前と並んで「2」「3」「15」という数字が書かれていた。それはトランクの持ち主の年齢だった。アウシュヴィッツに移動するとき、捕えられた囚人たちはこう言われたという。安心しなさい。これから、アウシュヴィッツで新しい生活が始まる。だから新天地で使う大事なものを、よく選んでトランクに入れなさい。なぜなら荷物は一人一つに限られるから、と。囚人たちは許された荷物一つを持って、汽車とは名ばかりの貨車に、幾日も身動きもできないほどの人数で詰め込まれた。

部屋の奥には、トランクの中身が展示されていた。そこには、それひとつだけでトランクをいっぱいにしてしまう直径三十センチ弱、高さ七~八センチもある薄汚れた丸いケーキを作るときに使う型が、桶のようにうずたかく積まれていた。ケーキの中身を交ぜ合わせるための篦、そして泡立て器もあった。取っ手のとれた鍋も無数に並べてあった。そしてどの鍋も、あたかもその家族の願いと夢が押しつぶされたかのように、歪んでいた。

再び外に出ると、高圧の電気の通った鉄条網が高く張られているのが見えた。フランクルによれば、誰でもはじめはこの高圧線に飛び込もうとするが、やがて誰もそんなことを考えなくなるという。飛び込む必要はない、今日一日生きているのか分からないからと、彼らは考えるようになるからだ。

飢餓室のある第十一棟は煉瓦で出来た同じような棟の一番端にあった。十棟と十一棟との間には、他の棟に比べいくぶん広めのスペースがあった。当時その中庭で囚人たちは何時間も立たされ、その後、設置されている壁を背にして銃殺刑に処せられた。その壁は戦後復元され、その前でこちらに背を向け、祈りを捧げていた十数人の人たちがいた。博物館員の女性が人差指を口にあて、「家族が来ている」と小さな声で言った。突然、跪いていた黒いコートの老婆が両手を高く空に向かって突き上げ、何かを叫び、操り人形の糸が緩められたかのように地べたに崩れた。周りの人に抱えられると、その姿勢のまま再び掌を合わせた。

第十一棟の入り口の雪は人々に踏まれて解けていた。履いていた運動靴がその泥濘にはまり、まるで誰かに靴底を摑まれているかのようだった。多くの見学者が雪を靴底につけて入るため、地下に下りる階段は暗く濡れていた。細い通路を曲がると、立ち牢と呼ばれ、囚人六人が立ったまま身動きできない縦長の木の箱のような牢が見える。牢の上の部分は取り払われていて中を覗くことが出来る。内側の壁は所々、捲れていた。その奥にコルベ神父が最期を迎えた飢餓室があった。当時の扉は取り払われ、代わりに焔を形どった鉄の戸が設置され、白いロザリオが掛けられていた。六畳ほどの広さの部屋には、処刑が行われた中庭のほうに向かって、約六十センチ四方の小さな窓があった。部屋の中央には白い蝋燭がともされていた。蝋燭のわずかな焔に照らされた壁には引っ掻き傷のような無数の跡がついていた。遠藤が後にこの光景が頭を離れず、吐き気と息苦しさに悩まされたという地下室である。

遠藤はアウシュヴィッツを訪れた夕方、本屋で仏訳の『夜と霧』を買い、ホテルに戻って読んだ。何故なら、生き地獄を自ら体験したフランクルが、アウシュヴィッツでの捕虜生活の間も、精神科医として冷静に観察しそれを記したというその気力を、もう一度味わい、やりきれぬ心をなんとか調整したかったから、と告白している。しかし遠藤が本当に読みたかったものはフランクルの気力ではなく、そこで行われた「愛の行為」であったことはいうまでもない。そこには、死の恐怖のなかで仲間たちに優しい声をかけ、一日一つのパンを弱った友人に分け与えた人がごく少数ではあったがいた事実が記されていた。遠藤には純文学とはまた別の『おバカさん』、『ヘチマくん』、『わたしが・棄てた・女』などエンターテインメントと呼ばれる多くの作品群があるが、そこに登場する者こそ、たった一つのパンを他人に譲った人たちなのである。

「彼等が今、生きているならば昔と同じように無名で、つつましやかにどこかの町で暮らしているかもしれぬ。だがその人たちこそ、この収容所を見た者に『人間はやはり信ずるに足る』という証明をしてくれたのである」

「アウシュヴィッツ収容所を見て」

囚人たちは父や母、兄弟を殺され、自らの魂まで押しつぶされようとしていた。虐待、殺戮が日常的に行われる収容所で、泥のようなスープや、ひとかけらのパンを隣人に譲るほか、人として彼らにいったい何ができただろうか。それは闇に立ち向かえるたった一つの、自由な人間の心であり、遠藤の求める「愛」のかたちであった。

人間の世界にはいつの時代も虐待、拷問がある。そこに性的な悦び、被虐、加虐の悦びが存在する以上、その行為がなくなることはない。冒頭に述べた十五歳の少年エリも、ゲシュタポがユダヤ人を虐待するとき、彼らが「言葉に表せないほどの喜びを感じていた」と記している。そしてアウシュヴィッツの悲劇、この殺戮を描いた書物を手にする読者たちもまた、これらの悲惨な事実に心を寄せながらも、自分の中にあるかもしれぬ危険な反応を心のどこかに共有している。人間の闇に潜む悪の種が消えてなくなることはない。しかしその闇が深ければ深いほど、より光を求める人間たちを、そして悪に手を染めることを拒めない人間の辛さと、哀しみを、遠藤は描いた。

夏には百台ものバスが訪れる第一収容所から、車で二キロ離れた第二収容所ビルケナウに移動する。ここには、整理された展示物は何もない。ただ門の前に監視塔のような建物があり、見学者はそこを登ることができる。階段を上りきった時、そこから見える数え切れないほどの宿舎跡と、決して焚かれることのなかった無数の見せかけのストーブの煙突が、整理された展示物の何倍もの圧力で私に迫り、押しつぶされそうになる。階段を下り、わずかに保存されている宿舎の中を覗くと、トイレとは名ばかりの丸い穴が幾つも並んでいるのが見える。当時エリが見た、赤ん坊を生きたまま放りこんだ穴や、女、子供が歩いたガス室への路は、降り続く雪に覆われている。ただ囚人たちを乗せた列車が着き、選別が行われたホームと線路だけがわずかに雪の間から見えている。何十万人の人が、雪に守られじっと声を潜めているかのような静けさである。

クラコフ駅へ戻る車の窓から、鬱蒼とした森が見える。この森に何人の囚人が逃げ込んだのかわからない。多くの脱走者は森の中で射殺され、万が一逃げおおせたときは、この見知らぬ脱走者のために十人、多いときは二十人の囚人が見せしめのために射殺された。

雪深い森を見ながらも、私には展示されていたあの歪んだ鍋が頭から離れない。積み上げられた歯ブラシや、眼鏡の山からその持ち主は想像がつかなくても、あの鍋をトランクに詰めた「母」や「妻」の姿を思い浮かべることは困難なことではない。多くの女たちは収容所に着くなり選別され、人間が信じられるかということを考える間もなくガス室に送られた。私には収容所で眼にした遺品から「人間は信ずるに足る」と言う声はまだ聞こえてこなかった。

私は遠ざかる森を見ながら、博物館員が帰り道に教えてくれた話を思い出していた。ビルケナウ収容所の周りには、一般住宅がそこを囲むように建ち並んでいた。戦後、かつてこの土地に住んでいた者たちが戻ってきたとき、自分たちの住居は壊され、そこは大量殺戮が行われていた収容所になっていた。彼らはその建物から煉瓦を取り外し、自分たちの家を建てた、という。彼らはどんな想いでその煉瓦を剝がしたのだろうか。その煉瓦一枚一枚には、囚人たちの泪が染みついている。棍棒で撲られ流した血も、怖さに震え、漏らした尿も付いているかもしれない。しかし、私は思うのだ。その煉瓦には、隣人に譲った、今日貰えるたった一杯のスープがこぼれた染みも、ほんの少し付いているのかもしれないと。

第二章　「掌」の文学——信仰と懐疑

遠藤は、一九七三年まで既に七度、イスラエルを訪れている。イスラエルを訪れる度に遠藤が興味を持ったものがある。

テル（tell）である。「テル」にはアラビア語で「小高い丘」という意味がある。それは各時代の町、村が層をなしてできあがった丘のことである。

戦争、火事、あるいは住民にすてられた小屋・城・神殿などの残骸が積もる。やがて、新来の征服者・移住民が同じ場所に建築を始める。何代もの人々がその上へ、その上へと部落や町を建てていく。遠藤は聖都エルサレムもまたテルであると考えた。つまり、現在のエルサレムの地下五十メートルには、イエスの歩いた町が多くの遺跡とともに眠っている。

「このテルのイメージは人間の内面を我々に連想させる。テルのなかから、たった一つの町の層を発掘して、それをすべてと考えることができぬように、人間の内部から一部のみを掘りだしてそれを内部のすべてと断定することはできぬ」

（「人間の心、このテルのごときもの」）

遠藤は聖書もまたテルだという。幾層にも重なったその奥にイエスへの憧れを見る遠藤は次のように問いかけた。その層が最後にぶつかるものとは一体何なのかと。

今、我々の目の前には、積み重なった遠藤の小説・評論・戯曲などがある。遠藤はテルに聖書の世界を見るが、遠藤文学の世界もまた、テルに他ならない。遠藤文学というテルを剝がす手がかりを、私は彼の登場人物を探ること、というよりむしろ、彼らの「指」「手」そして「掌」に注目することからはじめたい。なぜなら、そこに遠藤のイエス像が浮かび上がるからである。

遠藤文学には信仰と懐疑が背中合わせに存在する。短編小説『指』（「文藝」一九七三年十月号）のなかにそのことを象徴する二人の人物が描かれる。病める女ともう一人、イエスの弟子の一人、ディディモのトマである。

「聖書のなかには指の話が二つ、出てくる。そのひとつは、長年の間、血漏という病に苦しんだ女の物語である。（中略）もうひとつの物語は弟子トマの話である」

「病める女」と題された長血を患う女は、新約聖書の四福音書に三回（マタイ9章20―22節・マルコ5章25―34節・ルカ8章43―48節）、登場する。その中で、遠藤が簡単な表現だが好きだというマタイから引用する。

「視よ、十二年血漏を患ひいたる女、イエスの後にきたりて、御衣の総にさはる。それは御衣にだに触らば救はれんと心の中にいへるなり。イエスふりかへり、女を見て言ひたまふ『娘よ、心安かれ、汝の信仰汝を救へり』」

十二年来の出血症を患う一人の女がいた。女は病気のため律法上の穢れ者としてイエスの前に出ることすら怖れていた。それは「長血」が慢性の血漏であり、治療困難のため、癩病患者同様、人々に恐れられていたからである。女は人目につかぬように、群衆にもまれながらイエスに近づく。誰かの目にとまれば女は殺されるかもしれない。それでもなお女はイエスに触れたいと願った。その女のわずか一本の指が、イエスの衣に触れた。そのとき、「私にふれた人がいる」、とイエスが言った。群衆にもまれている状態で、イエスはそっと触れた女の指を感じた。そのとき女は病から解放された。

このわずか数行の話を繰り返し読み返した「私」は遠藤自身と考えて間違いあるまい。遠藤はこの女を小説やエッセイで度々取り上げている。例えば作者自ら『哀歌』、『沈黙』の母体と明言している『聖書のなかの女性たち』（『婦人画報』一九五八年四月号〜翌年五月号）では、遠藤は聖母を描きつつ、同時に「娼婦」「ピラトの妻」「ヴェロニカ」「マルタ」などにふれ、そして「病める女」を次のように描いた。

「彼は感じたのです。たった今、自分の衣に怯えたように触れた誰かの指。その指にはそのせつない哀しみと悶えと苦悩とがこもっていた。その指は自分に必死でなにかを求めている。求めている……」

藁をもつかむ気持ちでイエスの衣に指を触れた女はイエスの弟子でもましてや信者でもなかった。女にとって病気が治ることは、一パーセント以下の望みであったかもしれない。が、指が触れたその瞬間、女はイエスを信じた。この一パーセントこそが遠藤文学のテーマである。

「病める女」――この章のはじめに遠藤はこう語りかけている。

「この本を読んでくださる読者のなかに、今日もベッドに伏さねばならない方がいられるでしょうか。もし、そんな方がおいでならば、ぼくは今日、貴方にあててこの文章を書きます」

周知のとおり、遠藤は一九五二年、留学のおわりに、ジュルダン病院に、さらに帰国後一九六〇年から約二年半の長期にわたる入院生活があった。高橋たか子は遠藤の作品を、闘病生活を境に「前期」「後期」と分類した（「遠藤周作論」―「批評」一九六六年）。私は「留学」も遠藤の作品を考える起点と考えているが、確かにこの二年半の入院生活が遠藤に与えた影響の大きさは否めない。遠藤は長血を患う女をとおして、信じることの意味だけでなく、女の孤独、苦しさに共感する、イエス像を提示している。

長血を患う女の指が「信じること」を示すなら、復活のキリストの姿をこの眼で見、その傷口に自分の指を入れるまでは信じない、といったトマの指は「懐疑」を表している。

トマはディディモのトマとよばれ、イエス・キリストの十二人の弟子の一人であった。キリストが予言どおり、死後三日目に復活し、弟子たちの前に現れた時、トマ一人、何故かその場に居合わせなかった。

「我はその手に釘の痕を見、我が指を釘の痕にさし入れ、わが手をその脅に差し入るるにあらずば信ぜじ」（ヨハネ20章・25節）こう言ったトマとは、復活のキリストをこの眼で見、傷口に指を入れるまでは信じぬ、と明言した男である。

トマはイエスに対し、信仰、忠誠と懐疑の眼を持っていた。トマ（またはトマス）は四福音書・使徒行伝を合わせて八カ所（内三カ所同一）登場する。四福音書で最もトマを多く取り上げたヨハネは、ラザロの死、最後の晩餐、復活のキリスト、昇天後のキリストと出逢いにおけるトマの行為を、四カ所記述している。これら正典の他、外典にトマ福音書、その福音書を一部に含むといわれる「トマによるイエスの幼児物語」、トマ行伝、トマ黙示録などがあるが、それらを統合しても、トマ自身に関する資料は少ない。十二使徒の一人に召し出されたとき、トマはなんらかの期待を抱いただろうか。イエスの数々のたとえ話をそのまま受けとめたのか。それらはみな空白のままである。しかし、数少ない手がかりから私たちはトマの信仰と懐疑に引き裂かれた一面を見ることができる。

友人ラザロの死の知らせがイエスの下に届いたとき、イエスはユダヤ人たちの殺意を承知した上でユダヤに向かおうとする。トマが思わず「われらも往きて彼と共に死ぬべし」と叫んだこの場面を、遠藤は次のように書いている。

「弟子たちはその真意がわからない。（中略）今こそ彼は民衆の期待を受け入れようとされていると考えたのである。興奮のあまり、トマスという弟子が仲間に叫ぶ。

『いざ、我等も往きて、彼と共に死のう』(ヨハネ、十一ノ十六)

何もわからぬこの弟子の言葉。何も自分を理解していないこの弟子の興奮――それはイエスにとってはどんなに辛かっただろう。彼は自分の孤独が死の瞬間まで続くことを、このトマスの言葉で感じられたにちがいない」

(『イエスの生涯』)

遠藤の解釈によれば、弟子たちはイエスを理解できず、むしろ誤解していたという。イエスの逮捕の夜を含め、のちに弟子たちが恐れ、悔やむのは、自分たちを理解しようと努めた人を理解できなかったからである。イエスはユダヤに向かい、死んでいたラザロを生き返らせた。群集は奇蹟を求めた。復活したイエスをこの目で見るまでは信じないと言ったおそらく実証的精神の持ち主だったトマが、このとき、イエスは本当に奇蹟を起こせるのか、という疑問を感じたとしても不思議ではない。そこには信仰への理性的で覚めた懐疑の眼があるのではないだろうか。その後、ラザロへの奇蹟を知った大祭司カヤパがイエスの死を計った日、イエスは公にユダヤ人の中を巡らず、弟子たちと共にエフライムに行った。ラザロの死、最後の晩餐、復活のキリストとの出会い、それ以外の場面でトマは弟子たちの一人として語られるほかは特に触れられていない。つまり、その間のトマの行動は空白のままである。イエスを売る、その前日、ユダ、ペテロ、そしてトマは何を考えていたのだろうか。自分たちが命をかけて愛した人を売る、その晩。ユダの心をよぎったものは何か？　また、トマを含むほかの十一人はどのような気持ちでその晩を迎え、過ごしたのか。彼ら弟子たちはイエスの逮捕を拒めなかった。何もできなかったその晩、ペテロは「あんなひとは知らない」と三度もイエスを否んだ。この場面に対し、遠藤は『イエスの生涯』で一つの仮説をたてている。

「ここでは四散した弟子たちが協議した結果、ペテロが代表者となって、大祭司カヤパを知っている者を仲介人として自分たちの助命を願い出たのだと言っておこう。もちろん、これは私だけの仮定だが、しかしこの弟子たちの心理とその後の彼等の行動をみて、彼等が衆議会から『追求されなかった』ことは疑いない。そこに弟子たちと衆議会のある取り引きのあったことが想像できるのである」

つまりイエスは弟子たちの命と引きかえに処刑されたのであり、あたかもイエスは弟子たちが助かるための生贄となったと続けた。

確かにペテロと「ほかの弟子一人」（ヨハネ18章・15節）ヨハネは大司祭に会い、そこで何らかの話し合いが行われたことは間違いないだろう。そしてもし遠藤がたてた右の仮説が事実なら、弟子たちのなかでユダだけが罪の呵責を感じ、死んだことになる。しかし、イエスと弟子たちの関係を考えたとき、他の弟子たちも、哀しみ、自己嫌悪と屈辱とを味わったに違いない。その弟子たちの行動について遠藤は右に述べたように『イエスの生涯』そしてまた、『私のイエス』においても、四散したことを仮定しているが、彼はそれ以前に『沈黙』で一つの仮説を打ち立ててはいないだろうか。それは弟子の一人、聖書では触れられていないトマの行動である。

キチジローがロドリゴを売り渡す前の日の晩に注目したい。ロドリゴはキチジローが自分の居場所を役人に告げに行くのではないかと耳をそばだてる場面を思い出してみたい。

あたりは「闇」にとざされていた。ロドリゴの寝息を窺いながらキチジローは少しずつ体を動かし始めていた。キチジローはきっとこのまま立ち去る、そうして自分を役人に売る、ロドリゴはそう考えていた。しかし、

「ふしぎにも彼は溜息をつきながら火のそばに戻ってきたのです。（中略）赤黒い炎が頬肉の落ちたこの男の横顔を浮かびあがらせていました。それから一日の疲れで私は眠ってしまいました。時々眼をあけるとキチジローが炎のそばに坐っているのが見えました」

いつも弱い者には弱い者なりの言い分があるのに、と呟いていたキチジローは火のそばにしゃがみこんで動かない。そのキチジローにロドリゴはひと言も声をかけていない。冷静にその様子を描写しているだけである。そして、次の日ロドリゴは、キチジローに売り渡された。

幾度も描かれる「火」は何かを裏切る前日の象徴として描かれている。紀元三十年、四月五日、イエスの弟子たちもまた、火に手をかざしていた。そしてユダがキリストを売る晩、外は闇にとざされていた。ユダもイエスのことを考え、悩み、やはり神に話しかけたのだろうか。そのユダの行動に、もし、トマが気づきはじめていたら……随所に描かれる冷静なロドリゴの視線に、トマの視線を感じることはできないだろうか。その想いをいっそう強く感じるのは、次の場面である。

「いいえ、キチジローが言いたいのはもっと別の怖ろしいことだったのです。それは神の沈黙ということ。迫害が起こって今日まで二十年、この日本の黒い土地に多くの信徒の呻きがみち、司祭の

赤い血が流れ、教会の塔が崩れていくのに、神は自分にささげられた余りにもむごい犠牲を前にして、なお黙っていられる」

キチジローの呟きは、果たして神の沈黙に対してだろうか。キチジローの呟きは、何故、自分ひとりがこんな苦労をせねばならないか、というもので、神の沈黙という時点まで立ち至っていないのではないだろうか。神の沈黙を意識できるのはロドリゴである。それはあたかもあの沈着なトマの視線を作品の裏側に浮かばせてはいないか。先に引用した箇所を含め、ロドリゴは沈黙する神を信仰しつつ、疑っている。もちろん、ロドリゴがトマであるなどという性急な論理は無謀であり、遠藤の意図ではあるまい。しかし、神の存在を問うのは、キチジローというよりむしろロドリゴである。そして、また、自分はこの国で役に立っているというフェレイラをみつめるロドリゴにも注目したい。

「そう、人々のために有益であり役に立つことは聖職者たちのただ一つの願いであり夢だった」

「司祭はけだるい気持ちで口を噤んだ。転んだことや自分たち弟子を裏切ったことを責めるために自分はここに居るのではなかった。相手が見せまいとしてかくしているその深い傷に指を入れる気持ちはもう毛頭なかった」

このときロドリゴには、フェレイラの傷口に指を入れ、犯した罪を追及したいという気持ちより、フェレイラへの哀れみがあったのかもしれない。波濤万里を超え日本にたどりついたにもかかわらず、誰も救えない、人々の役に立てないという苦しんだフェレイラを非難できないと感じていた。そしてそのロドリゴもまた転び、その後、役所で輸入物品の鑑別をしているフェレイラに出会う印象的な場面がある。ロドリゴはフェレイラを見てこう思う。

「自分達は醜い双生児に似ていると、フェレイラの背中を見つめながらふと思う。おたがいその醜さを憎み、軽蔑しあい、しかし離れることのできない双生児、それが自分と彼とである」

遠藤が「双生児」つまり「双子」という言葉を用いたとき、再び、ここに一人の人物が浮かび上がる。ディディモのトマである。

「ディディモ」というのは「双子」という意味であり、アラマイ語のトマのギリシャ語である。ここに一つの仮説がある。双生児トマはキリストと双子である、という説が。

「あなたはあのキリストの双子の兄弟である」（トマス行伝31節）という句にあらわれている。また当時、双子・兄弟とよばれるのは、考えが似ていたためとも考えられる。が、聖書自体がすべての史実をふまえて書かれていない以上、事実を究明することは不可能である。しかし、仮にトマが、イエスの双子なら、そして、もし遠藤がトマの分身であるとしたら、遠藤にとってイエスは一層切実な存在となる。先に信仰と懐疑のもと、トマは遠藤にとって切り離せない人物であると述べた。遠藤とトマが互いに近づきあい、一体化するのは、ともに「指を入れる」からである。ユダを棄てた苦しみ、イエスを棄てた苦しみ。そしてイエスの復活を疑ったこの苦しみは一生トマの躰に残る。そのトマにイエスはこう語りかけた。

「またトマスに言ひ給ふ『汝の指をここに伸べて、我が手を見よ、汝の手をのべて、我が脅にさしいれよ。信ぜぬ者とならで信ずる者となれ』」（ヨハネ20章27節）と。

しかし、たとえイエスがトマを赦しても、信じた人の躰に指を入れた感触は消えない。それが痕跡となるのは、ひとりの人間を疑い、そして、棄てたからである。トマは弱く、あの晩も苦しんだ。トマが悩み、イエスを見上げたとき、遠藤のイエスは哀しそうに微笑んだ。右の聖書のイエスの言葉を遠藤が描くとき、それは聖書とは違う響きをともなって聞こえてくる。

「『さあ』とイエスは哀しげに話しかけた。『あなたの指をこの手の傷口につけるがいい。槍でつかれたこの脇腹にもさわるがいい。私はあなたに信じてほしいのだ』」（『指』）

トマの神学的立証に基づく立場を探ることは、現段階では非常に困難である。日本では僅かに高村光太郎が「触知」という詩で触れているにすぎない。が、遠藤にとって、トマの存在は重要である。トマ、というよりトマの「指」と言ったほうが適切かもしれない。

短編『指』のなかで遠藤は太く、強いトマの指に比べ、自分の指は素直な形をしていないと述べていた。『雑木林の病棟』では癩病患者の松井が、修道女によって、曲がった指を他人に見せねばならぬ場面が描かれているが、遠藤が文学を書くということは、あたかも曲がった指を他人の前に曝け出すことではないだろうか。

「仲間に頑なに首をふったトマの指は短く太く意志の強いもののように思われた。太く強い指を持った男だから、イエスの復活を最後まで信じず、不遜な言葉もあえて口にしたのだという気がした。（中略）私の指は細いが素直な形をしていなかった。トマの指のように強くもなかった。その素直でもなく強くもない指でペンをとり、私は長い歳月の間、小説を幾つも書いてきた」

その遠藤の指は、トマの指と本当に違った形をしているのだろうか。

中年の神父が金の縁取りをした箱を「私」の前に差し出した。

「『トマ』

と私はたずねた。厳かな顔をつくって神父は、

『シイ・シイ・トマ』

強くうなずいた。それだけで私には充分だった。長い間、私はトマの指は、短く、太く、意志の強いもののように空想していたのだが、この綿のなかに埋まったものは、私や、あの懺悔集の日本人信徒のように得体の知れぬ嘘くさい形をしていた。（中略）だがこの嘘くさく小狡い指にイエスはこう言われたのだ。『さあ、その指を手の傷口につけるがいい。私はあなたに信じてほしいのだ』」

遠藤の「指」がもし曲がっているなら、その指は抜きにくい。抜くとき、指の一節一節が、イエスの躰の傷の中で悶える。引き抜いたその指には母なるものを疑い、傷つけた跡が残っている。

遠藤とトマと、そこには一本の指、一本の糸しか繋がりを見出すことができない。遠藤はこの一本の糸を辿り、長い歳月、小説を書いてきた。遠藤が手繰り寄せようとする線上で、遠藤とトマは互いに凝視（みつめ）あったのだろうか。

先に遠藤の文学には信仰と懐疑の眼があると述べたが、そこには「信じること」からイエスに指を触れた女と、槍で突き破られたイエスの体に「指を入れるまでは信じぬ」といった男の存在があった。

この信仰と懐疑というテーマは、『指』だけではなく、多くの小説で描かれてきた。たとえば彼が折にふれて描いてきた戦国時代の人たち、なかでもキリシタン大名小西行長の姿を思い浮かばせる。行長の、武士として、キリシタンとしての本音と建前。それは言葉を変えれば、信仰と懐疑の渦の中で命と引き換えに闘わなければならなかった男の姿である。そしてそこには遠藤が描く信仰と懐疑に引き裂かれた人間たちの辛さと哀しさがある。その人間たちを遠藤の描くイエスは決して一人にはしない。そのことを象徴するキーワードは「掌」である。元医者と病身の中年男が死に近づくさまが描かれる作品『葡萄』にその一端が窺える。『葡萄』（「新潮」一九六〇年七月号）は遠藤が三年におよぶ自身の入院体験をもとに描かれた作品である。

病状の悪化のために大部屋から個室に移されたことから「死」を身近に感じ取っている患者に付き添う看護師は、身の回りの世話はできても患者の命を救うことはできない。その患者のために彼女たちができるただ一つの行為、それが「手を握る」ことである。手術中に苦しんでいる患者の掌を握るだけで、患者が静かになるという。

「『あたしたちはよく手術中に声を上げて苦しんでいる患者にどうすることもできない時なぞただ手だけを握ってあげるんです。そんな時大きな男の患者さんまでが、静かになることがあるんです』

『手を握るだけで？』

『ええ、手を握ってあげるだけで……掌と掌を通して、あたしたちが一緒にいるって気になるんでしょうか……』」

死が目前に迫っている患者のために他人ができる唯一の行為、手を握ることは、ただ単に掌と掌を合わすことだけではない。看護師にとって、それは「明日まで生きて下さい」と願うことであり、主人公の立花にとっては「生きろ」と祈ることである。さらに『葡萄』で印象深く描かれたのは、病室で互いに手を握る一組の夫婦である。この場面を考えるには「秋の日記」を参照したい。

若い妻は、白血病で死期の迫った夫の手を握りしめている。若い妻にとってそれは自分ができる精一杯の行為である。それは夫の苦痛を共に背負う若妻の姿として遠藤に写る。

「『手を握る』という行為に示される二人の人間の連帯感はこの苦悩の孤独感をやさしく鎮めてくれるのである」

この連帯感はその後自身が語るように、遠藤文学の根幹となる。患者は自分一人だけが苦痛を味わっていると感じる苦しさが、掌を握られるだけで鎮まっていく。さらに遠藤にとって「掌を握る」行為が重要なのは、この若い妻が手を握る姿から、連帯感だけではなく、「あの人」つまりイエスを強く意識できるからである。病室で手を握る若い妻のように、あの人は「人々のそばにいつもいる。彼らの手を握る」と遠藤は記す。遠藤のイエス像がより身近になるのは、実はこの点にあるのではないだろうか。一人ではないこと、自分と一緒に誰かがいることを重なり合う掌は示している。しかし、どんなに回復を祈っても手を握られても患者は、死んでいった。『葡萄』と題されたこの作品にはもうひとつの意味が隠されている。物語の最後を参照したい。

「彼は運ばれてきたみどり色の葡萄を掌の上にのせた。一人の人間が死んだその朝、この一房の葡萄はあまりに透き通り、あまりに柔らかかった」

「葡萄」という言葉は聖書で度々使われている。「私は葡萄の木であり、私の父は栽培者である」（ヨハネ15章1節）という意味をもつ。つまりイエスは自分自身を葡萄の木、彼に従う者を葡萄の枝、天の父を農夫にたとえ、キリスト者の生き方を示した。遠藤は我々日本人には困難ではあるが、西洋人は「焼きこがれている葡萄の風景から聖書にある『葡萄』『かり入れ』『休息』の句のもつ象徴的な意味を想いうかべる」（「カトリック作家の問題」）ことができると述べた。そう考えたときさきに引用した『葡萄』の抜粋は、単なる風景、または象徴という意味を超えて、人の死を前にしてなお黙っている神の沈黙、という問いを投げかける。『葡萄』が書かれたのは一九六〇年、『沈黙』より六年前のことである。『沈黙』にも次のような箇所がある。

踏み絵を踏まぬ信徒たちの処刑を目前に、ロドリゴは想う。「一人の人間が死んだというのに、外界はまるでそんなことがなかったかのように、先程と同じ営みを続けている」。つまり、一人の人間の死を前にして、なぜ神は黙っているのかと、遠藤は問う。その神の「沈黙」を私たちはどう捉えればいいのだろうか。

のちに『死海のほとり』に描かれた「群像の一人」にひとつのヒントがあるのではないだろうか。アルパヨもまたひとり、熱病に苦しんでいた。昔、癩病者が住んでいたという小屋には肉親さえ看病に来なかった。それは「長血」と同様、病人に近づくと、自分も悪霊に憑かれると考えたからである。アルパヨが自分を見棄てた者を憎み、一人で近づく死を待っていたとき、あの人、つまりイエスが小屋にやってきた。高熱にうなされたアルパヨにあの人は言った。

「『そばにいる。あなたは一人ではない』あの人が彼の手を握ってくれると、苦しみはふしぎに少しずつ減っていくような気がした」

アルパヨは熱病から恢復した。しかし彼は知っていた。あの人がどんなに努力をしても、すべての病人がアルパヨのように治るとは限らないことを。それだけに、今できる唯一の行為として、手を握ることには意味があるのではないだろうか。それは間違いなく遠藤における愛の行為である。また『私のイエス』のなかでも病に苦しんだり、悲しみに沈んだ人々の横で、常に手を握るイエス像を遠藤は描いた。しかし、そこには手を握ることで死から人を救い出すことはできないという哀しみも存在する。もし、アルパヨの手を握ってくれた「あの人」もその、哀しみをともに背負っているなら、その存在はよりいっそう私たちにとって身近なものとなっていく。

遠藤が度々とりあげる詩人にリルケがいる。そのリルケは、かつて大きなグリムの辞書を見つけたとき大喜びしながら「手」の項を読みふけったという。何故なら彼には、かつてミケランジェロのソネットを訳すとき、「掌」という言葉の処置に困った経験があったからである。つまり、ドイツ語には「手」の「甲」を明示する言葉はあっても、手の「内側」を明示する語が無かったからと。優しさのない甲ではなく、あたたかく、柔らかい掌にリルケは関心をもったのである。

また、言葉の「性」に関する興味あるデーターが、W・ソーレルにより提供されている。「手」は各国（一部例外あり）共、女性名詞であるという（『人間の手の物語』）。この点に関し、「人間は、手が創造し生命を与える女性的な道具であることに気が付き、そのあとで、それが行動と破壊の道具にもなり得ることを知ったのである」と。遠藤文学に用いられる「手」を考え合わせたとき、右の資料はその一面を写している気がするのである。

リルケは「掌」という言葉がドイツ語にはないことを嘆いたそうであるが、私たちにとって遠藤文学は「掌」の文学である。その掌は時には暖かく、また湿っぽい。その暖かさは、孤独をやわらげ、病に臥している人たちに決して一人ではないことを示した。そして「手」「掌」「指」をとおして遠藤は信じることの意味と、イエスを前にしてもなおその身体に指を入れるまでは信じないと言い切る男を描きながら遠藤のイエス像を浮かび上がらせた。

しかし、この章のはじめに提示したように、遠藤文学がテルであるならその層が最後にぶつかるものは一体なんだろうかという疑問はきえない。自分の眼で見るものしか信じられない、それだけの疑いを持ちながら、なぜ人は信仰を求めるのだろうか。指を傷跡に入れなくても、その存在を信じることは本当にできるのだろうか。宗教も、他者とのつながりさえも必要とされないといわれている現代のなかで、なぜ神の存在を信じることが必要なのか、宗教とはなにかという問題がここには内包されている。

第三章　初期評論の世界

一九四七年、若き遠藤周作は次のように述べている。

「カトリック者はたえず、闘わねばならない、自己にたいして、罪にたいして、彼を死にみちびく悪魔にたいして、そして神にたいして」（「神々と神と」）

これは遠藤が闘う相手に「神」や「自己」だけでなく、「悪」を選んだという宣言である。

遠藤が慶應義塾大学文学部予科に入学したのは一九四三年のことである。その後カトリック哲学者である吉満義彦が舎監を務める学生寮に入寮する。この寮の創立者は岩下壮一神父であったが、既に他界しており、吉満が週に数回、この寮に宿泊していた。学生時代に遠藤が影響を受けたという吉満は遠藤に対し文学を目指すことを勧め、日本人と基督教を考えるきっかけを与えた。入寮の翌年、吉満の紹介で遠藤は当時東大哲学科の講師であった堀辰雄と出会う。病床にあった堀は信濃追分に移り住み、以後遠藤は月に一度堀の元を訪れるようになる。遠藤は堀から幾つかの問題を触発された。神と神々の問題であり、もうひとつは、フランソワ・モーリヤックについてである。

遠藤は二十四歳の時、堀の「花あしび論」に刺激されて「神々と神と」を書いた。このエッセイは神西清に認められ「四季」（一九四七年十二月）に掲載される。後に一九五四年早川書房から『カトリック作家の問題』として刊行。「神々と神と」「カトリック作家の問題―現代の苦悩とカトリシズム」（「三田文学」一九四七年十二月）など六章から構成されている。これは遠藤が「神々と神と」という文字通りの宿題、汎神論対一神論という問題を内包していく第一歩となる。たとえば、カトリック作家であるモーリヤックやジョルジュ・ベルナノスの小説を読むとき、フランスの青年ならばモーリヤックが使う「葡萄畑」という単語から聖書にある「葡萄」や「休息」などを思い浮かべることはたやすいが、我々日本人には難しい。またベルナノスの小説に出てくる「悪魔」を、実在するものと捉えることも困難である。しかし、遠藤はカトリック文学に接するとき一番大事なことは、これらの異質な作品が与える距離感を決して敬遠しないことだと次のように記した。

「この距離感とは、ぼく等が本能的に持っている汎神的血液をたえずカトリック文学の一神的血液に反抗させ、たたかわせると言う意味なのであります」と。そしてカトリシズムの本質について、カトリック文学があくまで凝視する相手は「人間」であること、人間の歓喜や苦悩を描くことこそ文学であり、天使や神を描くことではないこと、そして人間は神をえらぶか拒絶するかの自由があり、この自由を文学にかけるのがカトリック文学であると続けた。

しかし、遠藤には常に「神があろうが、なかろうが、どうでもいい」という日本の土壌の中でこれらカトリック文学を本当に自分のものにできるかという不安が消えることはなかった。それは一九四八年に再び神西の推挙で発表された「堀辰雄覚書」(「高原」一九四八年三、七、十月号)の中でも幾度となく問われている。この評論は「認識の浄化」「実在の悲劇」「花あしび論」で構成されている。ある日遠藤は堀に「君たちはカトリックですか」と尋ねられた。そして「西洋人の作家が色々な思想をさまよったあと、カトリックにすうっと戻る人がいるでしょう」と堀は指摘し、「ああいう風にすっと還るところが日本人にあるとすれば何でしょう」と続けた。この言葉は遠藤の耳元から離れることはなく、遠藤にとっての文学的宿題の一つとなった。そしてその問いの先に汎神的世界が立ちはだかった気がしたと付け加えた。このテーマを遠藤は以後抱え続け、後に『沈黙』など多くの作品に書き込んでいくことになる。この汎神的な世界を抱えた日本について気づいたのは無論遠藤一人ではない。堀の師匠でもある芥川龍之介はすでにこの問題の存在を充分意識し、『神々の微笑』などであつかっている。

遠藤は「堀辰雄覚書」でキリスト教と日本人の持つ心情を、切実な問題として問いかけ、そして堀に自然の中に自分自身を溶け込ませ、あくまで静かに生を受容する心をみようとした。しかし日本人が、果たして超越的なキリスト教の神を信仰できるか、という問いは遠藤のなかでますます膨らんでいく。それは西欧の宗教・キリスト教を、絶対的な善も絶対悪もない日本人の心を持つ自分が受けとめられるか、また日本人にとって他者の宗教であるカトリシズムとは何か、キリスト教の神を信仰できるかなどという、遠藤にとっては切羽詰まった問題でもあった。

日本人の皮膚の下を流れる黄色い血、言葉をかえるならば日本人的感性――これだけはどうにもできないという葛藤が遠藤のなかでいっそう強く意識されたのがこの時期である。幼い頃に受洗し、日本人の血液に異質の血液を注入された人間にとって、それでも生きていくことが可能なのかという問いの答を、遠藤は次の点に求めた。仮にキリスト教が、人間の弱いところ、罪深いところになんらかの光を見いだすことができるものなら、日本人にとってそれは決して異質なものではないのかもしれないという一点である。それは遠藤が学生時代から一貫して見つめてきたものだった。そして、たとえばモーリヤックが罪の世界を描くことで恩寵の光を逆反射させたように、遠藤もまた二十世紀のカトリック作家と同じ道を歩もうとしたのである。

遠藤は堀との出会いから実りのある一時期を過ごした。後に「二つの問題」(「文學界」一九九二年二月号)と題し、次のように述べた。『テレーズ・デスケルウ』が愛読書となり、宗教と無意識、無意識による罪が、自分の生涯のテーマとなったのは堀のエッセイがきっかけであると。堀辰雄にみた日本人の心を知れば知るほど遠藤はヨーロッパ、つまり他者の宗教を意識する。遠藤にとって「すうっとかえれるところ」は汎神的世界、善も悪もない「黄色い」世界なのか。それは少なくとも悪を否定し善をよしとする宗教の世界ではない。遠藤は、このとき二律背反の文学と宗教の間に立ち続けることを改めて突きつけられたといえよう。

この時期、遠藤はくり返しこう述べている。

「カトリック文学は神や天使を描くのではなく、人間を、人間のみを探求すれば、それでいい。

（中略）カトリック作家は、作家である以上何よりも人間を凝視するのが義務であり、この人間凝視の義務を放擲することはゆるされない」

そして、カトリック作家は作中人物の「その罪、その悪さえ直視せねばなりません」と記し、さらに「作中人物の罪や悪に共感を感じていなければなりません」と述べた。

罪や悪から遠ざからなければならないカトリック者であっても、人間の暗い部分、暗部を覗くことをひるまない、この想いは初期評論から一貫して遠藤の文章に表れている。

初期評論を描いていたこの時期、遠藤を惹きつけた作家の一人が武田泰淳である。遠藤は、近代人は生気も、反逆する気力も失っていると嘆きながらこう綴っている。

「神に反逆するのでもなければ、勿論肯定するのでもない。神があってもなくてもどうでもいいのだ。背徳者（イモラリスト）でもなければ無論道徳者（モラリスト）でもない。彼は自分がどう仕様もない無道徳者（アモラリスト）であることだけはシミジミ感じている。神の反逆者ならば神に通ずるであろう。背徳者であれば道徳者に代わりうるであろう。アンチ・ヒューマニズムは裏返されたヒューマニズムである。だが彼は自分のなまぬるい疲弊からは、もう何ものも生れず、もう何ものも復活しないことはよく知っているのだ」

『精神の腐刑（武田泰淳について）』（「個性」一九四九年十一月号）

社会革命を志した武田が、追求から逃れるために蔣主席夫妻の写真を持ちあるき、中国の国歌を共に歌いながら、生き長らえようとした屈辱感に遠藤は想いを寄せている。

また、遠藤は中国の宮廷史上、暗い影を投げかけた宦官について触れている。宦官とは中国にあって後宮に奉仕し、去勢された男子たちである。肉体の力を失った男たちの唯一の行為が「見ること、非情に見ることより無い」とし、そして彼らは見たこと、覗いたりしたことを自分のなかで処理し、ほの暗い心のうちに閉じ込めた。後に遠藤はこの宦官を題材とし『宦官』を書き上げている。この宦官という不快な分析を続ける理由を「生命力の衰弱した僕ら近代人の病床を肉体的不能者のうちに映すことでハッキリみたかったからだ」と述べ、こう続けた。

「精神の不能(アンポタン)と言う此の近代の一病症にかかったぼくらは果たして如何に生きればよいのだろう。(中略)愛することも、憎む事も、怒ることすらする気力がない」

「それは宦官が人間を窺い覗くあの技術にひとしい。そこには真に他人の存在の根源にふれようとする愛情が消えているから、彼の犯す悪からは如何なる創造も果実も生まれないのだ。強者の悪ならぬこの弱者の悪は永遠に不平なのである」

ここには遠藤文学が何より根幹としている「愛」がみえない。そして憎しみもなければ、愛もまた生まれないと遠藤はいう。武田の描く「悪」のなかに「生命力の喪失」をみた遠藤にとって、その「悪」とは如何なるものであったのだろうか。

渡仏以前に書かれた「フランソワ・モーリヤック」(『近代文學』一九五〇年一月号)には、信仰と相反するものとしての「肉」の問題など、宗教と文学の問題が語られている。遠藤がモーリヤック、特に『テレーズ・デスケルー』からの影響を受けていることは多くの論者が指摘しているが、福田耕介が「テレーズ的主人公の救済」と題し「遠藤の中で孤独なテレーズと孤独な母親の姿は不可分なものとなっていた」(「三田文学」二〇〇六年冬季号)と指摘した点は遠藤と母の深い関係を考える上で興味深い。

遠藤はモーリヤックの作品から、恩寵な光のかわりに、「肉の失落・肉の孤独・肉の呻き」しか学ばなかったという。

「自然を通してすら主の秩序を歌うよりは人間の内部を覗く、さまで執拗な人間凝視の欲望は他の作家であったならば生得の利点ともなったであろう。だが貴方は信仰者だった。貴方自身の純潔と信仰とを保たねばならぬ信仰者であった。人間の内部を、たんに人間のうつくしさ、聖らかさだけではなく、その暗黒を泥沼を罪をも敢えて凝視しようと言う慾望が、時として貴方の信仰純潔を汚しはじめないとどうして言えたろう。(中略) 後年、貴方をくるしめつづけた『作家としての人間観察の慾望』と『信仰者としての純粋への憧れ』との果てしない矛盾相剋の種は既にはやくもランドの松林に風のふるえる響きを聞いた貴方の少年時代の眼差しにまかれていたのである」

人間凝視の欲望と信仰との相克が遠藤を悩ませたことはいうまでもない。たとえそれが信仰者としての自分に相反していても、罪や悪を、凝視しなくてはならない。もしそれが許されないなら、遠藤にとっての神は不在となる。

「カトリック作家はあらゆる眼の届かない泥沼に啓示される人間の秘義を見出すために、作中人物の魂の秘密を、罪や悪さえ直視する勇気を持たねばならない。いや時には作中人物のそれらの暗黒面に共感さえ感じねばならぬ」

作中人物の罪や悪に共感してこそ小説家として生きていけるが、信仰者としてはそれは認められないという引き裂かれた状態のなかで、聖人を描くことはできないと嘆くモーリヤックに、遠藤は懇願するかのように答えを求める。あたかも遠藤にとってその答えは自らがこれ以後抱えていく暗い道の一筋の光になるかのように。それは日本人のカトリック作家としての孤独な戦いでもあった。まるで自分に言い聞かせるかのように遠藤はこう続けた。

「今はもう貴方にとってただ一つの路しか残されていなかった。この宿業の眼を通して人間を凝視め、その泥水を掌で飲み、その情火の炎に顔を焦がし、其処から再度、信仰をとり戻すより路は残されていなかった」

そして、遠藤はもうひとつモーリヤックが闘ったもの、それは「肉の問題」、「愛欲の問題」であったと指摘した。つまりモーリヤックはあらゆる人間の悪、自由の問題がこの愛欲の場から発するのを眺めたのだと。そして悪の領域は無限に下降する存在と指摘した。しかし、無限に下降した地の底で、何の希望も持てず、絶望の中にいたとしても、ひとたび人間がその苦しみのどこかにほんの僅かでも希望をもち、愛さずにはいられない本能があるならそこに人間の救いの手がかりを得ることはできる。ならば、恩寵の力を信じられるのか、と問う遠藤にとってそこにあるのは「摂理も恩寵も要するに希望も悦びも遂に訪れることのない人間の暗い顔がある」ことも確かであった。

「カトリック作家の問題」は、一九五四年七月『カトリック作家の問題』と題し、書き下ろしの「憐憫の罪――グレアム・グリーン」「情欲の深淵――ジュリアン・グリーン」などを加え、早川書房より刊行された。その中で注目したいのはジュリアン・グリーンの著作『宿命』（原題「モイラ」）について触れた一節である。

「『ぼくは神にふれたい。神のしるしを見たい』とジョゼフは絶叫しますが、それは、とりもなおさず、カトリシスムに再接近しだした頃のグリーンの苦しみだったと思います。人間の運命が、宿命的な魔力にひきずられているこの地上にあって、彼等の心からの叫び、訴えに、神は何故、押し黙っていられるのか。その永遠の沈黙がある限り、よし、神があっても、この地上は『宿命（モイラ）』の世界である」

（「情欲の深淵――ジュリアン・グリーン」）

プロテスタントの牧師をしていたジョゼフが下宿屋を探していたところやっと手頃な部屋が見つかる。その部屋にはモイラという娘が住んでいたが、彼女が寄宿舎に行っている間だけジョゼフが借りたのである。ある日彼が部屋に戻るとモイラがベッドの上にいた。ジョゼフはモイラに挑発され関係をもつ。彼は肉欲に陥った自分に慄然とし、ついにモイラを殺害してしまう。モイラは白人と黒人の混血児であった。モイラの身体を流れる黒い血はジョゼフの官能を触発し悪の力を目覚めさせた。神はジョゼフがモイラを殺害するまで沈黙していたと遠藤は指摘した。宿命とも呼びうる殺人者の役を演じるジョゼフの「神に触れたい」という叫びをグリーン自身のものととらえるなら、「われわれは神の実在をこの目でみたい。神の奇蹟をこの目でみたい。我々の祈りに神が答え給うのをこの耳できたい」と願うのはまぎれもなく遠藤自身の叫びである。

遠藤はまた、ベルナノスの『悪魔の日の下に』のなかで、ドニサンが神の声を聴いたと思い、死んだ小児の命を蘇らせようとする場面を「情欲の深淵――ジュリアン・グリーン」で取り上げた。小児はいったん痙攣したかのようにみえるがすぐに死体として崩れ落ち、この時ドニサンは闇の中で悪魔の嘲笑を聴く。そして悪魔は人間のあらゆる心理を利用し、神を信仰する者の心にも密かに滑り込むと述べ、この時ベルナノスの神は沈黙していた、と遠藤は指摘した。

初期評論でくり返し示された日本人のなかの神の不在と、神の声を聞きたいという願いは後の『沈黙』にいたるまで繰り返し描かれるテーマである。それはただ単に声を聞くのではなく、この地上に起こりうる全ての負、罪に対して「神は何故黙っているのか」という問いかけである。カトリック作家は確かに自分の生活を純化しなくてはいけないが、罪の世界を描くことを決して恐れてはいけないというのが、一人の作家としての遠藤の覚悟であると同時に、神の不在、沈黙を強く意識した遠藤の姿がそこにあった。

そして、一九五〇年六月四日。雨上がりの午後十二時、戦後初のフランスへの公費留学生として、二十七歳の遠藤周作はマルセイエーズ号に乗り、横浜を出航した。海を渡った遠藤には留学における明確なテーマがあった。それは日本対西洋、汎神論対一神論、「白」対「黄色」という人種の問題だけではなく、マルセル・プルースト、ジイド、モーリヤック、グリーンら宗教と文学の矛盾に苦しんだ作家たちを彼らが生まれ育った母国の土壌で眺め、理解を深めることも目的の一つだった。大学時代に学んだ仏文学を自分のものにするための留学であり、帰国後は大学の研究室に残る予定をたてていた。しかしこの船のなかで、遠藤は新たな決意をする。

当時の日本は敗戦国として大使館も領事館もない時代であった。パスポート、入国許可証を手に入れることは困難であり、六月四日は遠藤にとって待ちに待った出発の日であった。しかし、その喜びは旅を続けるうちに影を潜めていく。当然のことながら、敗戦国民である日本人はマニラ、香港、シンガポールでは寄港地の住民感情を考慮して上陸を許されなかった。すでに戦後五年の月日が流れたとはいえ、彼らはマニラ虐殺の恨みを忘れてはいないことをそのとき遠藤は思い知る。そして船が、フィリピンのマニラ港外に着いたとき、彼がそこで見たものは焼け爛れた日本護送船の残骸であった。水底には自分と歳の違わない多くの無名の日本兵が沈んでいた。

「彼らは一体何のために死んだのか。その死が無意味であるということが許されるだろうか。今はしずかな波一つないレイテ湾のこの海の底から彼らが

『ぼくたちはどうしてくれるのだ』

と叫ぶ絶叫を聞く気がしました」

（「赤ゲットの仏蘭西旅行」）

上陸を許されたサイゴン、コロンボでは五、六歳の少女が金を請い、マレー人、インドシナ人、黒

人たちが地べたに寝そべり、旅行者に金を無心する姿を見る。そして、船にもどれば、そこには遠藤が船酔いに苦しんだときに、毎日見舞ってくれた黒人兵、腫れものができた子供を抱えながら夏蜜柑をくれた貧しい中国人の母親などがいた。これらの人々は青年遠藤に強烈な印象を与えた。遠藤はこの旅で、小説を書こうという気持ちになったと後に述べている。日本で大学の研究室に残り、学者または評論家として生きていくこともできた遠藤が、小説家へと一歩足を踏み出したのは、この船旅の体験があったからに他ならない。彼がこの船旅で見聞きし、感じ、見つめた人間の闇の深淵はその後の遠藤の文学の核となる。遠藤は日本だけではなかった飢えや苦悩を目の当りにし、「現代の青年の一人として、この時代のかなしみや苦悩を他の人と共に背負わねばならぬ」と記した。苦しみと哀しみを共に背負う――遠藤文学の根幹がこの時遠藤の中に刻み込まれたのである。

一九五〇年七月、マルセイユに到着した遠藤は、ルーアンのロビンヌ家に下宿する。信仰深いロビンヌ家での生活は、不自由さはあったものの遠藤にとって忘れられない日々となる。十月の新学期をひかえ、ロビンヌ家を後にするころ、無秩序に心の中に去来するさまざまな想いを整理しようとしたとき、果たしてその出発点をどこに置けばいいのかと遠藤は自問する。そのとき彼の脳裏をかすめたのは、自分と同じ若い兵士が沈んでいた海、泣きわめく赤ん坊を叩いていた中国の母親、金を乞うたインドの少女の姿だった。そして、もしこの地上の不幸を、今日のカトリック者が見捨てるなら、それは「悪」に他ならないと遠藤は考えた。そして、カトリック者はこれらの人たちを苦しめるもの、戦争に抵抗せねばならぬこと、たとえ別の世界の存在を知っていても地上の不幸や矛盾に眼をつぶることは許されないと続けた。しかし、今日のカトリック者がこれらの不幸を見捨てることが悪だという想いは、後に遠藤がユングやフロイトについて触れた際に「Xを求めぬ悪」と呼んだものとは異なる。このとき遠藤は海の底に沈む名もない人々の声に耳を傾け、小説家としてどう生きていくかを考えた。それはこののち描き続けた無名の人たちの声を聴く一つのきっかけにみえるのである。

留学時遠藤は日記にも記されている通り、時を惜しむかのように勉強に励んでいる。それはフランスのカトリック作家が住んだ街のなかで西洋の精神的な伝統の根源を見定め、遠藤自身もまたそれを獲得し、自らの文芸作品のなかでいかに開花させるかというものであった。つまり、日本では気づかなかった多くの問題を根本的に学び直すことは遠藤にとって大きな仕事だった。そして、汎神的土壌に生きてきた遠藤にとって、人間を内部からみつめることに、「宿命的な憬れ」があると告白する。その遠藤の心を最も惹きつけたのがフランソワ・モーリヤックだった。

一九五一年八月、遠藤は一カ月をかけてモーリヤックの作品の舞台を探るためにボルドー地方へと旅をする。モーリヤックは愛欲の苦悩、そして人間の罪を描いた作家である。代表作である『テレーズ・デスケルー』の主人公のどこに救いはあるのか、何故夫に毒を盛ったのか、その答えは果たして、夫の心の動揺が見たかったからなのか、などという疑問が遠藤のなかで次々湧く。あくまで冷静なテレーズの姿、無感動なこの女に遠藤は魅かれていく。この旅は一人の日本人のカトリック作家として遠藤がモーリヤックの内面へと踏み込んで行く旅であると同時に、自分自身の内面へたとえ傷つこうとも足を踏みいれる旅でもあった。

思えば日本を後にして留学、つまり異邦人の国へ旅立った文学者は遠藤一人ではなかった。西欧に留学した森鷗外、近代に立ち向かった夏目漱石も例外ではない。『舞姫』の主人公・太田豊太郎は森鷗外と考えて間違いはあるまいが、彼は欧州の文明を見、肌で感じ、近代精神に目覚める男として描かれている。自我の確立を目指し、家庭や社会を離れ、立身出世の主義を疑いつつ、ようやく個人の意識を持ち始める。しかし、結局は近代のシンボルでもあるエリスを棄て再び立身出世の中に戻っていく。彼が日本に還る途中、つまり海の上で感じたものと、遠藤が感じたものは明らかに違っている。遠藤自身も、三好行雄との対談（「国文学　解釈と教材の研究」一九七三年二月号）で「鷗外のように、ヨーロッパが理解できるという自信は、私の場合は、成立しないわけなのです」と語ったように、太田豊太郎にある西欧との一体化は遠藤には見られない。遠藤には日本人のキリスト者として、西欧との板挟みの苦悩があり、肌の色、つまり白い人・黄色い人との対立と宿命が存在する。

また先の対談で、遠藤は、キリスト教を受洗したということは、あたかもはじめから留学していたようなものと述べている。つまり十二歳の時に受けた洗礼は、彼に消しがたい痕跡を残したのである。なぜなら遠藤にとって受洗するということは、単にカトリック信者になるというものだけではなく、これ以後の大きな転機となったことはいうまでもない。最愛の母がすすめたからこその受洗であり、それによって遠藤は母への一体感を一層強く感じたともいえる。遠藤が以後キリスト教を棄てることは母を裏切ることになる以上、それは不可能であったに違いない。加えて、西欧そのもののキリスト教が日本人である自分のなかに暖かい血液として流れるかという切実な問題も内包していたのである。そして異質な血液型であるキリスト教を注入された自分とはいったい何ものなのか、という問いはヨーロッパ、フランスの中に生活してからより切実なものとして遠藤に迫っていく。

帰国後、遠藤はカトリック文学者であり、「黄色い人」でもある自分には、居場所を見つけることは難しいことを再確認する。日本人の心には善も悪もない。留学を経ても死の世界、その甘い眠りや地上への回帰を願う汎神的な日本の土壌を遠藤は打ち消すことはできなかった。汎神的風土に生きる一神論者しての自己のありかたを問うという課題は「神々と神と」の評論の原点であり、文学的課題でもあり、フランス留学はそれを一層切実で深刻なものとした。フランス生活に材を得た数多くの作品、たとえば『白い人』『青い小さな葡萄』などこの留学体験なしには考えることはできない。日本人が意識することのない悪の存在、たとえカトリック作家であっても決してそこから眼をそらさず、凝視することを遠藤は自らその心に刻み込んだに違いない。なぜなら遠藤の文学はここからはじまるからである。

第四章　サドの存在――『留学』

パリ、マルセイユに続くフランス第三の都市と云われるリヨンは、時として「悪魔的な街」と呼ばれていた。一九五〇年、二十七歳の遠藤周作は戦後初の留学生として渡仏し、ローヌとソーヌの両河にまたがるこのリヨンの学生寮・コウリッジ館に入寮した。

一番苦しかったのはこの時代、と自ら述べているように、暗く霧深いこの街での孤独な生活は、『フランスの留学生』をはじめ『コウリッジ館』『男と猿と』などの作品をとおして描かれている。たとえば、部屋で荷物を一人でほどいていると「黄色人が寮に入ると便所が黄色くなる」と話す寄宿生たちの声が聞こえてきたなど、異国の街に住む青年の孤独や侘しさが語られる。また当時の日記には「死の恐怖が胸いっぱいしめつけた」と繰り返し記されている。確かに孤独や侘しさ、そして死の問題は遠藤の心を不安にさせた。しかし、心を打ち砕いたものはそれだけではなかった。それは悪魔的な街・リヨンで見せつけられた戦争の痕跡であり、陰惨な儀式であり、誰の心にも潜む「悪」の存在であった。

第二次世界大戦は既に数年前に終焉を遂げていたものの、リヨンには多くの戦争の傷跡が残されていた。たとえば古い建物の壁には「一九四三年、ゲシュタポ（独逸秘密警察）が、この建物の地下室で拷問を行った」という文字が彫られていた。それを見た遠藤は、今はすでに物置になっている地下室に足を踏み入れる。そこにはゲシュタポによる拷問だけでなく、対独協力者に対するフランス人同士の虐殺、拷問もまた消しがたい痕跡となっていた。さらにリヨンでは深い霧のなか夜ごと闇にまみれ、密かに黒ミサという淫靡な儀式が行われていた。黒ミサとはキリスト教のミサに対して悪魔に捧げるミサである。信者たちは悪魔に魂を売るかわりに日常の幸福を得るという。酒盛りをしていた信者たちの前に生贄の白人女が運ばれ、女は皮膚を引き裂かれ、熱い火のしを押し当てられる。その女の叫ぶようすに一同の興奮が激しくなり、この時信者は悪魔と交流する。しかしこの陰惨な黒ミサに参加する者と、フィリピンや南京で悲惨な虐殺に加わった日本人、ナチの拷問者、フランス人同士の虐殺をした者とそこにどんな違いがあるだろうか。彼らもまた残虐な行為のなかに誰もが持っている肉欲の悦びを味わっている。

さらにこの街では、自殺を図った清純可憐に見えた女子学生が頭の禿げた老人の情婦であったり、階段を下り損ねて死んだ女の手首には鎖で縛られた痕跡があり、躰には何カ所も焼傷があったりした。また街の停留所には、手に傘と古いハンドバッグを持った中年の婦人が、戦地から帰らぬ夫を待って毎日、何時間も棒のように立っている姿や、路上ではしわがれた声で童謡を歌う狂人の老婆の姿があった。日々起こるそれらの出来事、見聞きするひとつひとつのものが遠藤の心を押しつぶすには十分であり、夜のリヨンの街を夢遊病者のように歩き回った姿は容易に想像できる。そこにはかつて遠藤が憧れた永井荷風の「ローン河のほとり」に描かれた美しい街・リヨンは存在しなかった。

拷問の行われた地下室を覗きながら嫌悪と吐き気を感じた遠藤はこのとき、ひとりの男を思い浮かべる。

マルキ・ド・サド。

ドナシアン・アルフォンス・フランソワ・マルキ・ド・サドは一七四〇年、南仏プロヴァンス地方の名門貴族の家に生まれた。サドの両親が長女を亡くしてから一年後のことである。サドをもうけた後、女の子を出産するがこの子も生後わずか十日あまりで亡くなり、サドは夫婦にとってただ一人の子として育った。やがて母が外交官である父の赴任先へと向かったため、サドは祖母のもとに預けられる。そして五歳になると今度は、パリの女衒の家で女と交際していたために数日間拘禁されたという噂のある、叔父のサド神父に引き取られた。やがて一七六三年、二十三歳の時、サドは貴族であるモントルイユの娘と結婚する。が、わずかその五ヶ月後、女工ジャンヌ・テスタルへの鞭打ちと神への冒瀆行為に及ぶ。さらにその四年後には、マルセイユの娼婦館で従僕と共に四人の女を相手に、交互に鞭打ちに興じ、男色に耽り、媚薬入りのボンボンを女たちに食べさせたとして罪に問われた。その結果マルセイユ裁判所で、サド本人が欠席のまま死刑判決を下される。しかし、刑は実行されなかった。なぜなら当時は死刑判決に対し、受刑者の身代わりに人形が吊るされるだけだったからである。その後のサドは精神異常の烙印を押され、バスチイユ牢獄に十一年入獄された。その後入獄と釈放を繰り返す。そして一八一四年、サドは七十四歳のとき、シャラントンの精神病院でこの世を去っている。

遠藤がこのサドに対して如何に興味を抱いていたかは日記・エッセイ・評伝等をみることでわかる。一九五〇年、留学後、わずか半年の十一月十三日の日記にはサド侯爵についての伝記を書いてみたいと記し、さらに翌一九五一年一月三十一日の日記にこう告白している。

「肉欲と残酷との秘儀（それ故にぼくはサドに心ひかれ始める）はこの短い小説の中であきらかである。ぼくの場合——モーリヤックの影響の下に——肉欲と罪とは切り離されない——ドストエフスキイの影響の下に——罪は人間を啓示する最も大なる深淵である——そしてこの戦争の影響の下に——罪と残酷とは僕から切り離せなくなった。ぼくは今日、情欲と惨酷との関係を調べる事に心ひかれているのである」

そして留学中に書かれた数あるサドに関する文章のなかで、最も我々の心をうつのは同年四月二十六日の日記である。前日からクロソウスキー『我が隣人サド』を読み始め、二十六日にはそのクロソウスキーのサドの解釈に付いて触れた後、もし自分がサド論を書くなら次のように書きたいと記す。

「1サドは善の欠如として悪をみなかった。2サドは悪を不毛と考えなかった。悪を通して、人間は創造しうる。悪の創造の意義を、基督教に挑んでみようと考えた。3悪の神秘主義を彼は考えた。

聖者の神秘主義があるように。

そういう風に僕はサドを解釈する。サドはぼく自身の思想を托するように変型する。それでも構わないと思う」

そして悪を通して人間は創造しうるというサドに、自分の思想を托すと述べた遠藤は以後サドをどのように自らの問題として捉えていったのだろうか。

ジョルジュ・バタイユは、サドが長い生涯を「人間存在を破壊する諸可能性をひとつのこらず数え上げ、しかもその諸可能性すら破壊しながら、それらの死と苦痛とを心に思い描いてたのしむ」（『文学と悪』）ことに専念した、と述べたが、遠藤はサドの可能性についてこう述べている。もしサドが十八世紀に生まれなかったら基督者であったかもしれないと。

「なぜならば後年、彼が探求したものの一つは肉慾と悪を通しての永遠だったからである。サドの魂はたえず、しびれるような魂の陶酔と、この陶酔が永遠にいわゆる神への没入の中に続くことをねがっていた」

つまり、仮に永遠と陶酔がこのとき基督教のなかに発見されていたならば、サドは烈しい信仰者となったかもしれないと述べ、彼が永遠を肉慾と悪のなかに追求した、と繰り返し指摘している。それはまさしく彼も悪をとおして永遠なるものを強く求めていたからである。

遠藤はサドの前半生における性行為の特徴として次の三点を挙げている。サドが肉慾のなかでも自由と主体性を保ったこと、非情な眼を失わなかったこと、そして罪の意識によって消えやすい情慾を継続させようとしたことである。なかでもこの「非情な眼」こそサドの前半生における特徴の一つと遠藤は考える。先に挙げた「ボンボン事件」で、サドは単なるサディズムではなくマゾヒズムや男色などの行為を行っているが、問題はサドがマリアンヌという女に自分を打たせながら、その打撃の数を暖炉の壁にかきつけたことである。つまり、どんなときもサドは冷静であり、罪の意識によって消えそうになる情欲をも継続させようと考えていると遠藤は記した。

遠藤もまたいかなる愛情にも肉欲にも心を動かすことの出来ない自分を強く意識していた。たとえば、一九五三年、十一月の日記を見ると、ある親しい女性の部屋に入り、女がいかに陶酔しようと、自分の肉体がそれに反応しようと「僕」は決して酔うことはなく、むしろ「ぼくの眼がさめている事を感ずる。この女の心理のうごきをジッと凝視しようとする。この宿業の眼、眼、眼!」と記している。

遠藤はサドの前半生の特徴である「非情の眼」について度々触れているが、彼が最も関心を抱いたのは前半生というよりむしろ、逃亡と流浪の生活や、十年余にわたるヴァンセンヌとバスチイユ監獄で獄中生活を送った後半生にあった。なぜなら、獄中の呻吟がどのようにサドを牢獄文学者に鍛えていったか、いかに自分の情慾を執念と思想にまで高めたかに遠藤は興味をもった。牢獄文学者は社会と隔絶され、彼らは社会にあらゆる怒りと呪詛を抱いている。その牢獄文学者のたった一つの武器は「想像力」であり、想像力の激しさがサドを文学者にした第一の要素であると遠藤は述べた。言葉を変えていうならば「非情の眼」に加え、「想像力」もまた遠藤がサドに魅かれた要因の一つであることは間違いない。

また遠藤の小説には多くの場合相反する二人の女性像が、つまり聖母とイヴに象徴される登場人物が描かれることは周知のとおりだが、ここにもサドの影響が感じられる。たとえば、サドの貞淑な妻とその妹ド・ロウネエ嬢と呼ばれたアンヌ・プロスペルについてふれている箇所がある。サドの貞淑な妻となった姉を聖母的女性とするなら、この妹のアンヌはイヴにあたり、彼女はサドによって悪の共謀者となり、加担者となったと遠藤が記したことは興味深い。

また、サドの女性観、処女観についても次のように述べている。サドは父の決めたモントルイユ家の娘・ルネとの結婚を承諾していた。しかしサドの心はこのルネにはなく、南仏の名家・ロオリイ伯爵の娘、ロオリイ嬢に向けられていたが、彼はこの娘から捨てられてしまう。心から愛した女から受けた裏切りはサドの処女観に一つの痕跡を残す。つまりこのロオリイ嬢に裏切られたことから、サドの女性憎悪と処女への憎悪は生まれたと遠藤は考えている。「おもてはその白い汚れのない肉体によって純潔をよそおいながら、この白い肉体は、男の肉慾を誘うため」の存在に過ぎなかったと記している。そんな憎むべき処女に復讐するために、サドは女たちの誇りを破壊し、悪の路にひきこもうとしたと。サドにとって処女の仮面を剝ぐことは神のイメージを剝ぐことである。ここから我々は遠藤の小説を思い浮かべることができる。この『サド伝』よりすでに二年前に書かれ、第三十三回芥川賞を受賞した『白い人』（一九五五年五〜六月『近代文学』）である。その受賞式で遠藤はこう述べている。

「作品の第一行にジャック・モンジュという外国人の名を書きつけました。すると、この名の背後に神と悪魔、神と人間、善と悪、肉体と霊、それらすべての血なまぐさい戦いを描けるような気がしました」　　　　　　　　　　　　　　　　　　　　　　　　　　　　　　　　　　（「感想」）

『白い人』は遠藤が、リヨン滞在中から考えていたという作品であった。それを裏づけるかのようにリヨン大学留学中の出来事を綴った『フランスにおける異国の学生たち』は、『白い人』の原形であることは周知のとおりである。この作品は後に「フォンスの井戸」と改題されている。二作品の作中人物を比べると「フォンスの井戸」では「私」、近眼でブヨブヨした不潔なこびと、暗く影のあるやせた女イリーナが登場し、それに対して『白い人』は「私」、醜いジャック、痩せた女テレーズ、というように相関していることが読み取れる。

『白い人』の主人公「私」は父がフランス人、母はドイツ人という家庭に生まれた。「私」はプロテスタントの厳格な母の教育を受けて育った。ある日、母に護られた「私」の世界に突然「悪の快感」は滑り込んでくる。それはまず家で働く女中のイボンヌが犬を虐待する場面を目撃したことから始まった。「私」の脳裏にイボンヌの白い太股と虐待された犬が刻み込まれた。そこで「私」が味わったのはサディズムの快感と情欲の悦びである。また一方マゾヒズムの自覚は、「私」が旅先で、ある芸を見たときから始まる。一人の娘が少年に飛び乗り、下になった少年が苦痛のために漏らした呻き声を「私」は聞く。その少年の眼は「被虐の悦びに光り震え」ていた。人間の奥底には加虐と被虐の世界があり、そこに伴う悦びを「私」ははっきりと認識する。その「私」は計算高く、冷静なナチの殺戮の方法に魅かれていく。ナチの非情さと「私」のサディズムが結びつく、それを象徴する場面がある。ナチに雇われた「私」はアレクサンドル・ルーヴィッヒとアンドレ・キャバンヌ、二人が行った拷問に立ち会った。アレクサンドルはチェコスロバキア人であり、アンドレはフランス人、彼らは二人ともドイツ人ではない。マキの一味を匿った農民たちの前に手にホースを持った二人が立っている。捕まった拷問者は痛みに耐えかねてだんだん高く叫び出す。

「アレクサンドルの顔も汗まみれになり、その眼は痺れるような快感でギラギラ光りはじめる。撲たれる者の声さえ、その時は、撲たれることにある情慾的な悦びを感じているみたいだ」

その一方、アンドレは淡々と事を運ぶだけである。フランス人に生まれながらフランスを裏切る、といってドイツ人にもなれないアンドレ。そのアンドレに「私」は興味を持つ。それは「私」もまたドイツ人にもフランス人にもなれない人種であり、ナチの手先として働く裏切りの行為に後ろめたさを感じているからに他ならない。「私」はアンドレが、捕えられた農民をホースで一撃する度に、相手だけでなく彼自身を撲っていると考えた。

またカトリックの象徴であるかのような神学生ジャックと、そのジャックに対し敢えてユダになろうとする「私」を考えてみたい。「私」はジャックをいたぶる為にはジャック自身を責めるより、ジャックにとっての純潔の象徴、マリー・テレーズを責めることがより効果的だと知っていた。ナチの手先として働く「私」の前にジャックが偶然捕えられてきたとき、「私」は隣の部屋にマリー・テレーズを呼び出し、ジャックが助かるためには君は決して叫んではいけないと囁きながら、彼女を犯そうとする。このとき「私」が恥辱し犯すのは、一人の女性というよりむしろすべての処女、その処女の純白さの象徴としてのマリー・テレーズである。そして男性は純潔の幻影を破壊するためにのみ存在するという。純潔の幻影を破壊するということは紛れもなく神への挑戦である。「私」の対決する相手はジャックとマリー・テレーズである。一方ジャックは「私」の母のように一切のカトリシズムの価値観から外れたものを認めようとはしない。自分は人を裏切らない、マリー・テレーズを救えるのは自分だけだとジャックは確信していた。そのジャックを「私」は性の快楽、悪の倫理でそれを粉砕しようとしたのである。つまり、人間は信じられないものであり、どんな人間も肉体的な苦痛の前には友情や信頼は役に立たない、無力なものだと「私」はいう。それはあたかも悪の化身のような「私」の勝利宣言になるはずだった。しかし、闘う相手のジャックは自ら舌を噛み切り命を絶ってしまう。

かつて遠藤は「憐憫の罪——グレアムグリーン」(一九五四年『カトリック作家の問題』)のなかで『事件の確信』のスコウビイの自殺についてふれている。スコウビイは妻も情婦も棄てることができず、「神をもっとも苦しめる、また、永遠の刑罰に値する罪」である自殺を選ぶのだが、遠藤はこれについて、スコウビイは神の恩寵に彼女を委ねるべきだった、と指摘した。『白い人』では神学生のジャックがカトリックの世界で永遠の刑罰である自殺を選んでしまう。それは確かに「私」の全く予想していないことだった。

「ナチも俺も、もう、マリー・テレーズをお前のために使うことはできない。だが、それがなんだ。お前は俺を消すことはできない。俺は今だってここに存在しているよ。俺がかりに悪そのものならば、お前の自殺にかかわらず、悪は存在しつづける。俺を破壊しない限り、お前の死は意味がない。意味がない」

自殺をしても「私」には勝てない、悪は存在し続けると「私」は言うのである。この悪の問題こそが、以後の遠藤文学の核心となっていく。

そしてリヨンで触れたサドは仏留学以後、作品の中に徐々に現れ、形を変えながら遠藤のサドとして変容していく。その最も顕著な作品が次に取り上げる『留学』である。

南仏では珍しい大雪の日、巴里から一日汽車にゆられアヴィニオンへと向かい、さらにそこから数時間かけてたどり着いた山奥にあるマルキ・ド・サドの居城、ラ・コストの城。遠藤がこの城を訪れたのは一九五九年、三十六歳のときである。留学後すでに九年の月日が流れていた。『白い人』『黄色い人』をはじめ『海と毒薬』などの作品を書き上げ、一九五四年には「マルキ・ド・サド評伝（Ⅰ）」、「マルキ・ド・サド評伝（Ⅱ）」を、また翌年「サド侯爵の犯罪」、「サドと現代」、そして一九五九年この地を訪れる数カ月前にはすでに長編「サド伝」を発表している。しかし遠藤はまるで何かを取り戻しにいくかのように、再びこの地に立った。そして二度目の渡仏を経た一九六五年、遠藤は『留学』を発表する。『留学』は先に述べた三好行雄との対談で「一九五〇年から一九五三年のぼくの体験は書いております。非常に織り込んで書いております」と述べているように遠藤自身のヨーロッパ体験を小説化にした作品であることはいうまでもない。

この小説は 第一章「ルーアンの夏」、第二章「留学生」、第三章「爾も、また」と三章に分かれてはいるものの留学を縦糸に三つの独立したストーリーは微妙に連鎖していく。具体的には「ルーアンの夏」と「留学生」は一九六五年三月に「留学」と題し「群像」に同時に発表され、「爾も、また」は一九六四年二月から翌年一九六五年二月まで「文學界」に連載された。

第一章は戦後初の留学生工藤を中心に描かれ、第二章は日本人最初のヨーロッパ留学生・荒木トマス、第三章はサドを研究する仏文学者田中と三者三様、時代も統一されていない。しかしそこには遠藤が「神々と神と」以来胸のうちから打ち消すことのできなかった肌の問題、日本人と宗教、一神論と汎神論などが恰も遠藤自身の留学に添うかのように語られていく。そして、ここには遠藤が一番描きたかったサド――悪と肉欲の問題などが内包されている。

第三章、「爾も、また」――この表題はアンドレ・ジイドが一九一六〜一九年の間にかけて綴った有名な日記の表題から用いられたと思われる。第一章では高いところから日本人を見下ろすように受容するヨーロッパが描かれたが、第三章では高いところからの拒絶、高くそびえる壁への絶望の様子が描かれていく。この第三章こそが遠藤文学を考える上で重要であり、『留学』はこの章のために書かれたと言っても過言ではあるまい。ここで描かれる「田中のノートの一節」は「サド伝」からおおむね引用されている。この章はサド研究のために渡仏した仏文学者であり、私立大学仏文科講師である田中を主人公にしたものである。田中はカトリックの信者ではないが、彼が作者の分身であることはいうまでもない。ここではさまざまな留学生の姿や、日本に帰れない根無し草の在留邦人の姿も描かれる。

この三章のポイントは二点考えられる。一つは外国文学者として生きていく意味であり、もう一点は田中の研究対象であるサドの問題である。

遠藤は留学生を三つのタイプに分けて捉えている。

第一はパリの重みをまったく無視する人たち

第二はパリの重みを猿真似する人たち

第三はパリの中にヨーロッパの精神の大河を感じ取り、その大きな渦に巻き込まれて心身を滅ぼしてしまう人たち。

田中も、また田中より約二年早く留学生活をして建築学を学ぶ向坂も、第三のタイプである。遠藤は「河」というキーワードを使って日本とヨーロッパの隔たりを表現する。

田中と向坂の次のような会話がある。

「僕は多くの日本人留学生のように、河の一部分だけをコソ泥のように盗んでそれを自分の才能で模倣する建築家になりたくなかっただけなんです。河そのものの本質と日本人の自分とを対決させなければ、この国に来た意味がなくなってしまうと思ったんだ。田中さん。あんたはどうします。河を無視して帰国しますか」

向坂に言われるまでもない。田中もまた「河」を盗む気はない。しかし、今日、目の前にいる自分自身は惨めでその問いに答えることすら許されない。外国文学との果てしない距離。ヨーロッパの「河」との埋まらない距離。その前で手をこまねいているだけである。「河」の本質を実感として、それに生きるために全てを放棄する勇気は、今の田中にはないことを誰よりも田中自身が知っていた。

田中が問う――外国文学者とは何か、留学とは何か――この問いは、遠藤にとって、日本人でありカトリック教徒であるとは何者か、日本人はカトリック教を受容できるか、つまり、日本人でありカトリック作家ということはありうるのか、という初期評論以来の遠藤のテーマが問われていることはいうまでもない。田中はいう。

「外国文学者とは、外国文学と者（自分）との違和感とをたえず意識している人間なのだと思った。自分と全く異質で、自分と全く対立する一人の外国作家を眼の前におき、自分とこの相手とのどうにもならぬ精神的な距離と劣者としての自分のみじめさをたっぷり味わい、しかも尚その距離と格闘しつづける者を外国文学者とよぶのだ」

この惨めさを味わわないものを田中は認めようとはしない。

田中は研究対象であるサドの第一人者となるためにサドが生きた風土、伝統などの追体験を目指す。田中は執拗にサドを求める。彼はルビイという学者に会うことはもちろん、サドの子孫に会い文献を調べていく。さらにサドが一人の乞食女に会い奇怪な暴行を加えたという家の残っているアルキュイユの町、サドが閉じ込められたヴァンセンヌ牢獄、革命で破壊されたバスチイユ牢獄、閉じ込められたシャラントンの精神病院とその墓地など、ゆかりの地へすぐにでも訪れることを願った。

なかでも田中に強いインパクトを与えたのはサド研究家のジルベール・ルビイのひとことである。彼のもとを訪れたとき、そこでルビイから問いかけられたこの一つの疑問こそが、田中、そして作者への強烈な問いかけなのである。

「東洋人の君が、なぜサドをやるのか。私にはわからん」

田中がサドを研究する表向きの理由は幾つか挙げられている。日本ではすでに多くのフランスの作家たちについて手がつけられている。しかしサドの研究はいまだに手がつけられてはいない。そこに目をつけることで仏文学者としての地位が確保できると田中が考えたこと。またフランス革命を前にして、崩れ落ちる自分の階級に気づいた貴族の立場は日本の現在の知識階級に似ていることに田中が興味を持ったこと。安易に作者と主人公を結びつけることは避けなければならないとしても、遠藤のサドへの関心を考えるとき、これらの理由は一部にすぎないことは推察できる。ルビイの質問を前にして田中が無力であるのは彼がまだ向坂が感じていた壁の存在すら肌で感じていないからである。向坂は二年間パリにいれば、日本で考えていた幻想は消え、歴史あるヨーロッパの芸術の流れのなかにいる自分を実感できたという。しかし、それに対し、田中はヨーロッパ文明を支える二つの柱、ギリシャ・ローマ文明、そしてキリスト教を頭で理解していてもまだ血肉化していない、なに一つ地についたものをもってはいないのである。

その田中は、ラ・コストの城を訪れた時、そこで朱色の染みを見つける。それはまるで赤い血のような濃い朱の染みだった。田中はそれを、まるで快楽に倦（あ）いた人間の唇のようだと思う。そしてその唇にサドの唇を思い重ねる。あるいは、彼に鞭打たれた女たちの唇。雪に覆われてもなお田中が眼をそらすことが出来ない唇の色。

「雪に覆われ、破壊された石ころの中で、この唇の色のような赤い一点だけがはっきりとかつてそこに生きた人たちの生活を啓示していた。田中は自分の顔をそこにあてて、眼をつむり、長い間、じっと動かなかった。城はやがて亡びても、この朱色だけは亡びてはならぬ。それが人生なのだ」俺にこの消すことのできぬ朱色はあるのだろうか——その朱の一点を望む田中は喀血し、深い絶望に追い込まれる。田中が血の代償で得たものは何だったのだろうか。そして銀世界の上に吐いた田中の血は果たして日本人の血だったのか。

「それとも僅かではあったがこの西欧から体内に流しこまれたものに耐えられなくて吐いた血なのか。そんなとりとめのないことを田中は夕方まで考えつづけた」

それは決して「とりとめのないこと」ではなかった。田中の吐いた血が、日本人の血なのか、または何を犠牲にしても田中がつかみたかった「血」なのか——その答えを田中はずっと探していた筈である。田中の血はヨーロッパの一神教を信じてきたヨーロッパの青年のものとは確かに違っていた。それはあたかも、彼らと、カトリシズムを知れば知るほど神々の存在をつきつけられる日本人に生まれた青年との間に、大きなヨーロッパの「河」との果てしない距離をつきつけられたかのようだった。しかし、わずかではあっても西欧の血が日本人の体内に流し込まれたとしたら、その人間の精神は砕かれ、何もできずに吐血し、死んでいくのか、一人の人間として生きていくことができないのかと問い続ける田中は、作者自身の想いそのものであろう。田中にとってヨーロッパとは、彼を拒むだけのものだったのだろうか。

田中はラ・コストの城へ向かうため、アヴィニオンへ直行するはずだったが、予定を変更してリヨンに途中下車をしている。そしてフルビエールの丘に登り、そこからサドが刑罰を受けたピエール・アンシーズの牢を眺める場面がある。若き遠藤が初めて訪れた異国の地で、深い霧のなか住民の蠢きを感じ、サドの研究を思い立った場所である。しかし、『留学』に描かれたこの景色は、サドを思って渡仏した若き遠藤のそれとは違っていた。その丘の上からリヨンの街を見下ろしたとき田中は涙が出そうなほどの感動に捉えられたという。それはおそらく特に珍しい景色ではなかった。路には小さく見える人々が動き、電車がのどかに走っているごく日常的な風景。その見慣れたリヨンの街の中に見えるたくさんの教会の塔が、眼下の家々や路や、「くりひろげられている様々の生活の上に土台をおろして灰色の空にむかって」（傍点筆者）その先端を突き上げている。その尖塔から数条の光がこぼれているのを見て、田中は、これがヨーロッパだ、と感じるのである。このときの田中が見た尖塔からこぼれる数条の光は決して絶望の光ではなかったはずである。この街に生きているさまざまな人々、その一人一人の上に尖塔の光はふりそそいでいた。

清濁併せもった、河のある街リヨン、それは田中が日本で考えていたものとは明らかに違っていた。そして彼のサドもまた、この河の人だったことを田中ははじめて確認する。

「神々と神と」で訴えた「汎神的血液」を認識し、さらに「悪」の魅力を感じた遠藤が留学を経ても見続けたものは、消えることのなかった一筋の光であり、人間の「魂」ではなかったろうか。

『滞仏日記』でサドについて、いつかこの十八世紀の悪の神秘主義者について論文が書けるだろうかと述べた遠藤が、おぞましいアルクイユ事件に触れたあとさらにこう記している。

「だが何故に僕はサドを研究するのか。僕はこのもっとも暗黒な善悪の彼岸の世界に聖母の白い光がさす事を祈ってやまぬからか」

ナチの世界もサドの世界も、そして過酷なヨーロッパの大きな「河」もやがて全てを内包する『深い河』への序章となってくる。そして闇が深ければ深いほど彼は「聖母の白い光」を祈りにも似た気持ちで求めている。

「ぼくは人間を思う時、あるほの暗い湿地帯、沼のように光のはいらぬものに身をかがめようとする。その中にぼくが段々ひきずりこまれていく時――ぼくは一枚の古い枯葉のように暗闇の中でねむるか――あるいは一条の荘厳な恩寵のひかりを発見するかにかかっている」（一九五一年一月二十四日）

今はこの想いだけが聞こえてくる。遠藤はサドの生涯を辿るようにマルセイユやアルクイユを訪れる。ヴァンセンヌの牢獄の部屋を発見したときもまた彼は胸の疼きを感じる。サドは地下室にあらゆる拷問の道具を用意した。そして悪をとおして人間は創造しうるといった遠藤は、リヨンの暗い地下室の壁を手探りで階段を下りていった。晩年描いた『深い河』で、地下室への階段を下りて、右足はハンセン病のためにただれ、腹部は飢えのためにへこみ、それらの病苦や痛みに耐えながら人間に乳を与えている女神・チャームンダーの像を見つけるまでには長い年月が必要になる。今「悪」の行われたこの地下室の扉の向こうに何があるのか、遠藤は暗闇を凝視している。

第五章　『海と毒薬』の光と翳

「私は罪悪の行われた場所を見るのが好きだ。このような傾向はたしかにリヨンで養われたに違いない。もっとも、それは私が幼い時から持っているある懐古趣味にも原因がある。しかし、善の行われた場所でなく、悪の行われた場所に私が感動するのは、私が人間の悪をドラマの本質とみなしているためだからか」

「『海と毒薬』ノート――日記より」

博多駅から車で約二十分、福岡県庁、県警の前を通り過ぎると九州大学病院の正門が見えてくる。二〇〇六年、約数十年ぶりに訪れた病院は、新築された北棟・南棟が八月の日射しのなか大きく聳え立っている。その西側には古びた病理解剖室・動物実験施設A棟・B棟がある。遠藤周作がかつて訪れた九州医大は、今は存在しない。以前、私がこの地を訪れたとき、旧病院は取り壊しの最中だった。当時建築中だった現在の第一外科病棟も、すでに築後二十年以上たち、取り壊しが決まっているという。行き交う人も、戦時中、ここでアメリカ人の捕虜が日本人の手により生体解剖されたことを知る人は、ほとんどいない。当時撮った病院の写真を見せても「誰かしっとっとー」と同僚の職員に声をかけてくれた白髪まじりの中年の男性職員に答える人はいない。

数十年前、道路からアルミの板で仕切られた旧病院の中に入ると、そこは薄暗く、二階へ続く階段からわずかに光が漏れていた。私が足を踏み入れると白い埃が舞い上がるのが見えた。乾いているはずの廊下を歩くと何故か湿った空気が肌に吸い付くような気がした。「動物実験室」と書かれた部屋の扉は閉まっていて中の様子はわからない。隣の部屋の扉は留め金がはずれていた。部屋の真ん中に机があり、フラスコ、試験管、茶色の瓶などが埃をかぶっていた。反対側の部屋には剝げたソファが二つ、床には割れた瓶が散乱していた。

昭和二十年五月、九州生体解剖事件に実際に立ち会った元九州大学医学部解剖主任教授である平光吾一氏は「戦争医学の汚辱にふれて――生体解剖事件始末記」（「文藝春秋」一九五七年十二月号）と題した手記を発表した。この生体解剖事件の詳細は、当事者たちがこの手記発表時すでに死亡しているため、平光教授の記すところに頼らざるをえない。それによると事件は次のような経緯で起こった。

一九四五年五月から六月にかけて、九州大学医学部においてB29搭乗員数名を実験材料にした生体解剖が行われた。目的は、人間は血液をどの程度失えば死ぬか、血液の代用として生理的食塩水をどの程度注入することができるか、どれだけ肺を切り取ることが可能か、人脳の切開はどこまで可能か、などである。執刀した石山福次郎第一外科部長は事件の取り調べ中自決し、平光教授自身は重労働二十五年の刑に処せられている。関係者は三十名にもおよび判決は五名が絞首刑、四名が終身刑（一九五〇年秋、減刑のため実際の死刑は一名）となった。

当時解剖学主任教授をしていた平光教授は、石山教授から、外科病棟で米軍飛行士の捕虜負傷者の手術をするため大きい解剖室を貸してもらいたい、との依頼を受ける。手術室ではなく、何故解剖室なのか、という疑問はあったものの、平光教授は解剖室の使用を承諾する。そもそもこの手術は西部軍司令部から病院見習い軍医の小森卓という人物に伝達された。小森が以前からいずれ処刑すべき捕虜なのだから生体解剖することにより医学の進歩に寄与できると述べていたからである。小森は石山に、この実験が西部軍からの至上命令であると偽って伝達した。そして数日後、生体解剖は行われた。生きた人間を生きたまま解剖する、というこの行為を、医師たちは、拒まなかった。拒んだのは、見習いの軍医からこの解剖を依頼された町医者一人だった。

「古傷を抉られる」——平光吾一氏が『海と毒薬』を読み終わって記した一言である。そう感じたのは『海と毒薬』がこの事件を「克明に描写していたから」にほかならない。事件の当事者である平光教授の文章から滲み出るものは、後悔ではない。当時、生体解剖された捕虜以外でも、大空襲の翌朝、法務部の玄関先で日本刀により惨殺された捕虜もいる、とさえ記した。そして、医学の進歩は、このような戦争中の機会を利用してなされてきた歴史があると付け加えた。平光氏にとって石山教授は「その許されざる手術を敢えて犯した勇気ある」人物なのである。平野謙が指摘した（『海と毒薬』解説）とおり、ここに日本人全体の罪意識が問われなければならない理由があり、遠藤が『海と毒薬』を書かねばならぬモチーフがある。

また武田友寿はこの作品が「日本人の罪意識の不在を糾問し、倫理観の根源の詭弱さを衝いている」と論じ、笠井秋生は「遠藤は『海と毒薬』で、生体解剖事件を利用しながら、キリスト教と相容れない日本人の汎神的感覚について語ったのである。キリスト教と相容れない汎神的感覚を追求するということは、キリスト教になぜ距離感を抱くかという理由を明らかにすることにほかならない」と述べ、「汎神的感覚との戦いを描いた作品である」（『海と毒薬』——日本人的な感覚の追求）と記した。

かつて遠藤は『フランスにおける異国の学生たち』で、ナチスドイツの残虐だけでなく、敵対したフランスの抵抗勢力側にも同じような残虐な行為があったことを描いた。また『アデンまで』では何にたいしても無感動な主人公、『白い人』では性衝動と悪への志向、ナチスドイツ占領下のゲシュタポの執拗なまでの拷問、サディズムを描いた。そのなかで遠藤が自分を含めた日本人にとって「悪」とは如何なる問題なのか、日本人には果たして罪の意識の不在があるのかというテーマは『白い人』以後続く大きな課題であったことは間違いない。芥川賞受賞後、遠藤には書きたいと思っていたテーマがあった。

「ぼくの頭にあるのはただ『アデンまで』の主人公から『黄色い人』の主人公を経てきた一人の男のぼんやりとした顔だけだった。（中略）ぼくはその男をふたたび戦争中の一つの事件のなかにおいてみることにした」

「わが小説」

確かに、留学以後遠藤の心を占めていたのは、日本人の罪意識そのものを根本的に問うことであった。しかし、『海と毒薬』の抱える問題はそこにとどまらない。生体解剖に参加した勝呂が言う。

「仕方がないからねえ。あの時だってどうにも仕方がなかったのだが、これからだって自信がない。これからもおなじような境遇におかれたら僕はやはり、アレをやってしまうかもしれない……アレをねえ」

勝呂のいう仕方がなく罪を犯してしまう人間の本能、罪意識の不在、そしてその問題に加えて人間の抑えきれない情慾、その両方に視点がすえられていたことに『海と毒薬』の掲げる問題があり、この作品が実際に起きた事件の当事者を糾弾するという意味をはるかに超えた地点で描かれているとする理由の一つがここにある。

生体解剖が行われた手術室の場面を思い出してみたい。手術を直前に控え、勝呂と戸田の気持ちは重苦しく沈鬱だった。おそらく勝呂は、今なら戻れる、と心のなかで幾度も繰り返していた。しかしその考えは、手術室の前で脆くも崩れていく。そこでは見知らぬ将校たちが四、五人、大声で術後に捕虜の生き肝でも食べて宴会をしようと談笑していた。勝呂は手術室に入った。そして手術の手順を聞いたとき、はじめて、これから行われることは人間を殺すことに他ならない、という想いが彼の胸を突き上げた。勝呂は手術室の戸のノブを握った。しかしそこから出ることは許されなかった。それを拒んだのは、またしても戸の外にいる将校達のたかい笑い声であった。その笑い声は勝呂の心を圧倒し、ここでも彼は戸を開ける機会を失っていった。そして捕虜に麻酔をかける時、勝呂はもう一度手術室の外に出ることを願った。しかし、勝呂が一人の人間として生きる最後のチャンスもやはり聞き入れられなかった。あたかもイエスが十字架に磔られた三時を思わせる午後三時八分、生体解剖が開始された。弟子のペテロは捕えられたイエスとの関係を問われたとき、三度イエスなど知らないと否んだというが、勝呂はこの悪の行われた場所から三度、出て行く機会を失った。

待ちわびたように将校たちは手術室に入ってきた。そして解剖が始まると中尉の顔は汗と脂で光り、眼の前の光景を一つでも見逃すまいとしている。手術開始から約一時間二十分、右肺と肋骨をきりとられた死体を残し、将校たちが廊下に出てきたとき、遠藤作品では恩寵のしるしとして多くの場面につかわれてきた「陽射し」は、ここではあくまで弱々しく、そしてわびしい。将校たちは廊下に出てこんな会話を交わす。

「『村井さん。あんた、ほんに女と寝たあとのような顔をしとるが』

彼は仲間の眼を指さしてふしぎそうに言った。『眼が真赤になっとるが』

だが赤いのは指さされた将校の瞳だけではなかった。他の軍人たちの眼もまたギラ、ギラと光り、みにくく充血している。それは本当に情慾の営みを果したあとのあの血走った、脂と汗との浮いた顔だった。

『ほんに女と寝た顔じゃ』」

将校たちの眼に喜びがあることを遠藤は克明に描いている。このとき、我々は『白い人』の一場面を思い浮かべる。マキの一味をかくまった容疑者たちが、アレクサンドルという男に鞭を振り上げられ拷問される。容疑者たちはたまらず声をあげ、芋虫のように床をころげまわる。アレクサンドルの眼には「痺れるような快感」が浮かんでいるというシーンを。

そして私は、イタリアのあるテレビ番組についての渡辺浩子氏のレポートを思い出す。渡辺氏は、遠藤周作も舞台評を書いているホーホフート作『神の代理人』の、演出を担当した舞台演出家である。一九七一年に上演されたこの舞台のパンフレットにそのレポートは掲載されている。このテレビ番組は一九七〇年、つまりこの舞台の前年、イタリアのテレビ局が三日にわたって「ユダヤ人虐殺問題」特集を放映し、反響を呼んだものである。

一日目に登場するのはナチスの将軍ロンメルの死に立ち会った一人の医者であった。戦争後期にヒットラー打倒計画に失敗した国民的英雄ロンメル。この事件が外部に漏れることを恐れたヒットラーはロンメルを殺害した。しかし、あくまで「病死」の証拠が必要だったため、医者に偽の診断書を書かせたのである。次に登場したのは広島に原爆を落としたパイロットである。この医者と、そして原爆を広島に投下した爆撃機のパイロット、この二人は二十数年後、テレビの前で「誰が上からの命令を拒否できたか」と視聴者に訴えた。そして三日目はアメリカの軍用機から輸送中の毒ガスが洩れ、二十万頭の羊がわずか三分で死んだという事件についてであった。このガスはアウシュヴィッツで使用された「チクロンB」よりはるかに強力なものであり、そんなガスを我々は手にしているという事実に関するものだった。

そして今、私が問題にしたいのは二日目の放映――つまり、ミラノの大学生百人を対象にしたある実験だった。規則に違反した一人の学生が罰として電気椅子に座らせられる。その他の学生は一人ずつ交代に、彼の座っている椅子に電気を流すボタンを、押す。ガラス張りのボックスに入れられた学生がそのたびにビクッと反応する様子を彼らは目にする。次第に電圧が上げられ、座っている学生はもがき苦しんでいる様子を見せる。しかし、多くの学生は怯むことなく次々とボタンを押し続けた。拒否したのは百人中わずか二十人に過ぎなかった。ほとんどの学生は自らの意志でボタンを押した。実際に椅子に電気は通ってはいなかったが、ボタンを押した学生たちはそのことを知らなかった。

私がこのレポートを読み、最も戦慄を覚えたのは、その学生たちの様子だった。ボタンを押す度に違反者は躰を痙攣させたにもかかわらず、彼らはボタンを押すのをためらうどころか、だんだん興奮状態におちいった。これ以上電圧をあげれば死ぬ恐れがあると知りつつもなお電圧をあげ、誰からの命令でもなく、ただボタンを押し続けた。彼らはごく普通の学生たちだったのである。彼らはボタンを押した後、日常の世界へと戻っていく。

ここで『海と毒薬』の導入シーンを思い出してみたい。

勝呂が暮らす町には例によって、ごく普通の人間たちが登場する。ガソリンスタンドの親父はカンナのはなびらのような火傷の傷の理由をこういった。「中支でね、チャンコロにやられてね」と。そして名誉の負傷といいながら、彼はこう続けた。「中支に行った頃は面白かったなあ。女でもやり放題だからな。抵抗する奴がいれば樹にくくりつけて突撃の練習さ」と。南京で憲兵をしていた洋服屋の親父も、シナに行った連中は皆一人や二人は殺っていると付け加えた。ここでもまた罪意識の欠如が浮き彫りにされるのだが、彼らはごく身近に、私たちの周りで何事もなかったかのように生活をしている人たちなのである。遠藤はこれらの人々を自分と無縁の人間とはみない。誰もが、罪を犯す可能性を秘めているからである。一見平凡に見える世界、日常の世界で何気なく暮らしている無名の人たち、その彼らが何かをきっかけに罪を犯す人間となっていく。

戸田も勝呂も、生きたままの人間を生体解剖するという実験に参加するかしないかは、後に『沈黙』で描かれるような「踏み絵を踏まねば殺される」といった状況ではなかった。しかし、と遠藤はいう。もし戦争という圧力がかからなかったら、または他の時代に生まれていたならば、彼らは悪に手を染めることはなかったかもしれない、と。

夜ごとの空襲でみんなが死んでいく日々に勝呂はよく病院の屋上に登った。戦火が広がっていくのを目の当りにしながら、人の生き死にに対し次第に無関心になっていく自分を勝呂は感じていた。そこで見たものがこの作品のタイトルにかかわる「海」なのである。

「私はこの怖ろしい事件の舞台になった九大医学部の建物のなかにもぐりこみ、屋上の手すりにもたれて雨にけぶる町と海とをじっと見つめていた。その時『海と毒薬』という題が浮かんだ」

（「私はなぜ小説家になったのか」）

ときには碧く光り、時には黝ずむ海。かつてキリスト教の教父たちは海を真っ暗で恐ろしい深淵、奈落であるという理由から「悪魔と悪霊の世界に所属するものと見なし」(『聖書象徴事典』)たが、遠藤にとって海は「恩寵の海」でも「愛の海」でもよかった。つまりそれは「人間のなかの毒薬と対峙するもの」(『人生の同伴者』)なのである。勝呂はこの海を見ると大部屋の患者のことも、辛いことも少し忘れるという。

「海のさまざまな色はなぜか、彼に色々な空想を与えた。たとえば戦争が終わり、自分がおやじのようにあの海を渡って独逸に留学し、向うの娘と恋愛をすることである。あるいはそんな出来そうもない夢の代わりに、平凡でもいい、何処かの、小さな町でささやかな医院に住み、町の病人たちを往診することである」

勝呂のささやかな夢はなぜか読者の胸を打つ。「平凡が一番、幸福なのだ」と考える勝呂もまた無名の医師の一人なのである。

一九八〇年に描かれた『女の一生』にも同じような無名の医師が登場する。上司に命じられたことをおずおずとこなす医師。ナチに捕えられたコルベ神父に注射を打てと命ぜられた彼は、それを拒むことはできない。

「おそらくあの男はこんな収容所にまわされなければ、どこか田舎の町で小さな医院をやっていただろうとマルティンは想像した。町の人から愛され、若い娘の結婚式にはいつも招かれるような善良な医師だったろう。

だが運命が彼をここへ連れてこさせ、運命が彼を今、あのコルベ神父を殺す当事者にさせてしまった」

訪れた運命はその人物がそれまで生きてきた人生、夢をことごとく打ちこわす。その流れを断ち切ることは誰もできない。果たして人は自分が犯した罪を何もなかったかのように忘れて生きていくことはできるのだろうか。

かつて同じ医療員の勝呂がごく当たり前の夢を抱いたその屋上で、戸田は夕暮れ敵機の来襲のなか、ひとつの音を聴く。勝呂はそれを爆風と言ったが戸田には違って聞こえた。

「それは確かに多くの人間たちの呻き声に似ていた。医者であるぼくはあの呻き声は知っている。恨み悲しみ、悲歎、呪咀、そうしたものをすべてこめて人々が呻いているならば、それはきっと、こんな音になるにちがいなかった」

戸田はその声を再び寝床でひとり聴く。その声は戸田に、いつかは自分も罰せられるのかという想いを起こさせる。作者は戸田を通して私たちにこう語りかける。

「ぼくはあなた達にもききたい。あなた達もやはり、ぼくと同じように一皮むけば、他人の死、他人の苦しみに無感動なのだろうか。多少の悪ならば社会から罰せられない以上はそれほどの後ろめたさ、恥ずかしさもなく今日まで通してきたのだろうか。そしてある日、そんな自分がふしぎだと感じたことがあるだろうか」

遠藤から生み出された登場人物たちは、暗闇の洞窟の壁を手探りであるくように、それぞれが迷路の行き止まりのなかで立ちすくんでいる。そしてあくまで罪を犯すきっかけは「全く形而下的なものによって」なされなければならないと遠藤は述べている。たとえば「〈腹が痛かった〉〈家に帰るのがイヤだった〉という理由で彼は罪に参加せねばならない」と。勝呂も戸田も、それが恐ろしい罪であることを熟知しながら、老婆を殺害した『罪と罰』のラスコーリニコフのように、強い意志が働いたわけではない。しかし、周りの状況に押し流されたとしても、彼らはあくまでそれを拒否することができたにもかかわらず、罪を犯した人たちなのである。生体解剖という特殊な状況に目を奪われることは遠藤の悪の本質を見逃してしまうことになる。『海と毒薬』を評するとき、「日本人の罪意識の不在」と言う言葉の響きは、ある意味心地よく都合がいい。彼らは為すすべもなく自らの手で、手術室の扉を押し開けた。それが『海と毒薬』の断面である。

それでは『海と毒薬』のどこに我々は救いを見出すことができるのだろうか。

武田友寿は二つの救いを指摘した（「遠藤周作の文学」『海と毒薬』講談社文庫解説）。一つは「存在の自由にたいする信頼」であり、二つ目は「この作品に表れる『ミツ』と名づけられた女性たちのもつ機能に託されたもの」である。戸田と勝呂には運命から自由になろうとする姿が感じられ、いつか運命から開放してくれる神を見出すかもしれないと言う。つまり、人間の自由を文学に賭けるのが、カトリック文学と遠藤が述べるなら、この自由を持つ限り自己救済の可能性が留保されている、と武田は述べた。また作中人物の阿部ミツ・佐野ミツ、という傍役の存在が戸田と勝呂に良心や罪の意識等を呼び覚ます、と論じている。他にも「生体解剖を受諾した医者の責任は免れないとして、実験に手を染めなかった臨床医の回心は、やはり、誇るべき一つの勇気である」(「国文学解釈と教材の研究」一九九三年九月号)とする須波敏子の指摘もある。確かに勝呂は一人実験室の壁にもたれ実際に手をかしてはいない。しかし、医師として、一人の人間として、生きたままの人間を人体実験するその場にいたという事実は手を染めた者として、勝呂の心から消えることはないのである。遠藤文学の本質は希望であり、信仰である。「海」という表題に恩寵という意味が含まれているとしても、そこに救いはあるのだろうか。読者はどこに希望を見出せばいいのか、明確な答えはない。しかし、『海と毒薬』にはさまざまな角度から救いを見出す要素があるのではないだろうか。

また『海と毒薬』には作者自ら、「『海と毒薬』ノート――日記より」という資料が提示されている。そこには『海と毒薬』のキーワードがいくつか隠れている。一つは「その前日」「前夜」である。あわせて、「火」のイメージについても考えてみたい。五月十五日付の箇所を引用する。

「『その前夜』の中でぼくが描きたいのは――ぼくとしては最初の試みであるが――女である。悪の意志にひきこまれる(エバ)としての女である。(いわば、誘惑の女)としてである」

このノートによれば『海と毒薬』が『その前夜』と題して構想されていたことは充分想像できる。「その前日」とは遠藤にとって「何かを裏切る日」「裏切ろうとする日」として深く印象づけられているのではないだろうか。そしてそこには効果的に「火」が使われている。

「明日、実験が行われるという日の夜がきた。(中略)

『た、ば、こ』

セルロイドのケースを差しだして戸田は彼が巻いた不細工な煙草を勝呂にすすめた。その一本をとって勝呂はともすれば消えがちな火口を眺め、眺め、黙っていた。

『お前も阿呆やなあ』

と戸田が呟いた。

『ああ』

『断ろうと思えばまだ機会があるのやで』

『うん』

『断らんのか』

『うん』

『神というものはあるのかなあ』

『神？』

『なんや、まあヘンな話やけど、こう、人間は自分を押しながすものから――運命というんやろうが、どうしても脱れられんやろ。そういうものから自由にしてくれるものを神とよぶならばや』

『さあ、俺にはわからん』火口の消えた煙草を机の上にのせて勝呂は答えた。

『俺にはもう神があっても、なくてもどうでもいいんや』」

戸田は運命から解き放してくれるものを、神とよぶ。それは小説『もし……』で提示された「眼にみえぬものの力」と同一である。神というものはあるのか――この問いに勝呂は火の消えている煙草を置き、無気力に「わからない」というだけだった。

　また遠藤は対談のなかで『海と毒薬』の下地には、モーリヤックの『テレーズ・デスケルー』があったと語っている。具体的にはテレーズがベルナールに薬を飲ませる場面を参考にしている。つまり遠藤の場合、勝呂が、火鉢の「火のイメージ」で生体解剖に参加する気持ちになっていくと述べている。「火」は先に挙げた、この作品の構想上の題名である「その前夜」とも深く結びついているのではないだろうか。この章の初めにも引用した『『海と毒薬』ノート』の三月五日に注目したい。この日は遠藤が九州大学医学部を訪れた日である。

「私は罪悪の行われた場所を見るのが好きだ。このような傾向はたしかにリヨンで養われたに違いない。（中略）しかし、善の行われた場所でなく、悪の行われた場所に私が感動するのは、私が人間の悪をドラマの本質とみなしているためだからか」

　遠藤は悪の行われた場所を訪ね、この九州大学の生体解剖事件を小説に作り上げる時点で、「その前夜」を思い浮かべている。何故なら「その前夜」に人間の悪が「ドラマの本質」となりうる要素を含んでいるからである。

「火」は本来、聖書のなかでは「聖霊・最後の審判」の象徴とされている。切支丹ものを多く描いた芥川龍之介も、数々の場面で「火」を使っている。かつて遠藤は三好行雄との対談で「芥川龍之介は、聖書というものを、父親の宗教、きびしい宗教と考えたかもしれないが、実は聖書のなかには、母親の宗教もあるじゃないですか。芥川さんは『西方の人』のなかでそれをまったく無視していませんか」(「国文学　解釈と教材の研究」一九七八年二月号)と述べている。芥川龍之介が『おぎん』をはじめ、切支丹もののなかで数多く使っている「火」のイメージ、また、切支丹もの以外でも『地獄変』の示すとおり、それは文字通り、地獄の火にちかい。遠藤の場合、芥川のそれとは異なる。後に遠藤は『その前日』で、イエスを裏切り売ったユダの心理に触れ、『沈黙』ではロドリゴを売る前夜、キチジローに炎を見つめさせた。また『イエスの生涯』では「愛の火を地上に投じるために、自分の人生があった」と、「愛の火」を語るが、『海と毒薬』にはまだ「愛の火」は見えない。

そしてもう一つ、『海と毒薬』の中で繰り返し描かれるポプラの木を伐る老人の存在について、触れておきたい。ポプラは周知の通り、十字架を造る木として知られている。イエス自身がポプラの木から十字架を造るように強制されたという伝説があり、そのためいくつかの国ではポプラが神聖なものと考えられ、フランス系カナダ人の木こりの中には、ポプラの木を伐るのを拒む人もいるという。またギリシャ神話のなかでは、ハーキュレスが毒蛇に噛まれた後、ポプラの葉のなかに解毒剤を見つけたという話もある。さらにイスカリオテのユダが首を吊った木、という説もある。『海と毒薬』の老人の存在や木が伐られていく様子は、この物語の進行、生体解剖の時間が午後三時に設定されていることなどから、イエスの磔が意識されていると思われる。つまりこのときと同様、イエスが十字架に架けられた時は、太陽が姿を消し、三時ごろまで地上一帯が暗くなった。槍を手にした兵士、罵倒する民衆、裏切りに震えていた弟子たち、何もできなかった弟子たちを、作者は十分意識している。

遠藤はこの作品以後、「愛」のテーマをエンターテインメントと呼ばれる作品のなかで描いている。たとえば『海と毒薬』で生体解剖が行われた「病院」は、「愛の光」がさす、人間が社会の波に押されながら暮らす生活を捨てて、生きることに向き合っている場所として描かれる。また『僚友たち』でも、大切なのは「人生」で出逢った人であり「生活」で出逢った人ではないことが語られ、意を尽くした医者が描かれる。『灯のうるむ頃』では医学を職業とはっきり割り切ることのできない善之進や、理論の裏づけがないという理由で簡単に薬を排除しようとする医者にむかって「薬は学問の神聖のためにあるんじゃない。病人たちの苦しみを救い、病人たちの苦しみに少しでも希望を与えるために存在するんです」と訴える製薬会社の青年・今井が登場する。また「秋の日記」のなかで「愛について」と記された日には、白血病で苦しむ夫と若い妻が描かれ、手を握るほかすべのない妻の様子を遠藤は、自らの入院生活の一つの出発点、と記している。

「おそらくこの窓のような風景はせつないと言う以上に毎日どこかの病院で形をかえても到るところで見うけられる平凡な、ありきたりのものにちがいない。しかし平凡な、ありきたりのものだけにそれは一番、我々人間の愛の哀しみを示しているのである」

元戦犯という医師・勝呂と彼を支えるガストンが登場する『悲しみの歌』が書かれるまでには『海と毒薬』以後約二十年の月日が必要になる。果たして生体解剖が行われたあの手術室にも、光はそそがれ、そこには遠藤の信じる神が存在していたのか。もしそうであるなら、そこで行われた行為を神は黙って見過ごしていたのか。何故、神は黙っていたのか。それらの疑問は消えることなくくり返し問われていく。

広い敷地にはいくつもの病棟がそびえ、その一つである救命救急センターを見上げていたら、先に親切にしてくれた中年男性職員が建物から出てきて、私が尋ねた旧病院のあったところは、今は駐車場になっていると教えてくれた。「医学部基礎研究所」と書かれた古びた建物の横にその駐車場はあった。コンクリートで舗装されていたが、ところどころひび割れ、前日にでも降ったのか、雨水が溜まっていた。あの日、第一回目の手術は二十三歳の米軍捕虜に行われた。彼は生きたまま肺臓を切開された。エーテル麻酔をかけられたとき、治癒を信じ、青年は「有難う」と執刀する教授に礼を言ったという。肺臓切開後三十分、彼は死亡した。腸と肝臓は標本として保存された。

駐車場には「検査検体搬送中」とかかれた車が白い埃を浴びて、数台並んでいた。あれほど人があふれていた新しい棟からわずかに離れたこの道を、通る人はいない。今、私が立っているこの場所で、八名の捕虜が生体解剖された。

先に私は『海と毒薬』には救いがみえないと述べた。しかし生体解剖に手を貸した勝呂や戸田をはじめこれらの登場人物が救われることを、誰より願ったのも作者自身なのである。冷たい雨が降り続いた日、勝呂にとって「神みたいなもの」であった「おばはん」が一人涎を流しながら、死んでいった。手には配給された固パンを握り締めて。戸田は以前から「おばはん」は、「空襲でなくなるより、病院で殺された方が意味がある」と、両肺オペの実験をすすめていた。今、「おばはん」が死んで、勝呂はなぜ自分がこれほど「おばはん」に執着するのかその理由がわかる気がした。それは「みんなが死んでいく世の中で、俺がたった一つ死なすまいとしたものなのだ」と。勝呂にあの日屋上で見た夢が戻ってくることはない。一度手を汚した勝呂からあの手術室での出来事が消えることもない。しかし遠藤の神は、この汚れ、罪をとおして語りかけるのである。そしてそこには、一人の人間が人間であるゆえに、悩み、悲しむ彼らを見つめる視線がある。振り払っても、振り払っても、なお見つめる視線が。その視線はいつも「一人ではない」ことを示していた。

「おばはん」の死体は木箱に納められ、雨のなか、小使いと人夫によって運ばれていった。この箱がどこに運ばれたか、ここには書かれていない。勝呂が研究室の窓に顔を押し当てて見送った、とだけ記されている。私には、この木の箱が命を落としていった捕虜たちの横に寄り添うように並べられている、そう思えてならない。

第六章 『沈黙』――沈黙のなかの声

『沈黙』には既にさまざまな評価がくだされている。そこでポイントとなるのは作品のクライマックスといえるロドリゴが足をかける場面であることはいうまでもない。

「司祭は足をあげた。足に鈍い重い痛みを感じた。それは形だけのことではなかった。自分は今、自分の生涯の中で最も美しいと思ってきたもの、最も聖らかと信じたもの、最も人間の理想と夢にみたされたものを踏む。この足の痛み。その時、踏むがいいと銅版のあの人は司祭にむかって言った。踏むがいい。お前の足の痛さをこの私が一番よく知っている。踏むがいい。私はお前たちに踏まれるため、この世に生まれ、お前たちの痛さを分かつため十字架を背負ったのだ。

こうして司祭が踏み絵に足をかけた時、朝が来た。鶏が遠くで鳴いた」

川島至は「沈黙――遠藤周作作品の構造」(「国文学解釈と教材の研究」一九七三年二月号)と題し、『沈黙』の「もの足りな」さをこう指摘した。

「ロドリゴの発見した神があまりにも寛容だということである。踏もうとしたとき、『踏むがいい』と赦してくれる神を果たしてわれわれも発見できるであろうか。作者はロドリゴのみならず、あの醜い裏切り者のキチジローでさえきわめて肯定的に描き出していくのである」と述べ、さらに「主の声は彼の行為を正当化する福音ともなっているのだ。従って、ロドリゴのうちには、もともと自分に都合のよい神を発見しうる素地があったとする解釈も可能なのである。（中略）かりに弱さに居なおり、なんのやましさも感じないで神を売り人に背き続ける者がいたとして、ロドリゴの神はそれをも許すのか」と、論じた。

またカトリック側からは、粕谷甲一司祭の「沈黙について」（「世紀」一九六六年七月号）が発表された。粕谷が司祭という立場上、大多数の信者の代弁者という意識で論じたことは充分、考えられる。「この『沈黙』の最も決定的な点は神が沈黙を破った点であり、しかもその内容が、踏み絵を踏むように訴えた点である。（中略）この書の最も残念な点は、神が『沈黙』を破った点である」

神が沈黙を破ったことに対する粕谷の批判に「共鳴を感じる」と述べた佐古純一郎は次のように述べている。

「少なくとも、私自身における信仰のリアリズムは、ここで、『踏むがいい』という『主のみこえ』は聴きえないように思うのだが、それは遠藤氏と私との信仰の理解の相違点なのかもしれない。（中略）イエスの顔を踏むという行為の中では、やはり、神に沈黙を破ってほしくないのである。あのロドリゴに対するイエスのみことばは、踏んでしまったロドリゴの『足の痛み』に向かって投

げかけてほしかったのである」と。（「世紀」一九六六年九月号）

佐古の論理の背後には、イエスを三度、否んだペテロの問題が含まれているが、ここでは特に述べない。そして佐古は「『沈黙』後日譚」の必要性を説いた。その後のロドリゴの姿、「キリストへの愛をどのように生きたか」を描いてほしいと続けた。何故なら「転びっぱなしということなら、それは困る」からである。

また、武田友寿は神が沈黙を破る場面はあくまでも「文学的な虚構」であって本質的な問題ではない、むしろそこにあるのは「愛の思想」であると述べている。そして江藤淳は、生涯愛そうと思った美しいものこそが「母」の姿であり、その母を裏切り崩壊させる「私」を受け入れる姿が描かれているると論じた。つまり、踏絵のなかの「あの人」に父の姿はなく、「『踏むがいい』といって『私』を赦す『母』が最後の勝利をおさめる」（『成熟と喪失』）と指摘した。

自己の生涯を賭けて信じた基督の顔をロドリゴが踏む行為は、確かに教会や不特定多数の信者たちに不安を投げかけた。長年、キリスト教の日本土着を目指した人たちは、日本には基督教をうけつけぬものがあるというフェレイラの思想に衝撃を受けたに違いない。そして、転んでもいいのだという論理でキリスト教の布教が進んでもなんにもならないという佐古の見解も、当然かもしれない。が、『沈黙』という小説は、遠藤自身が述べているように　神の沈黙だけではなく、歴史上、沈黙させられた、例えば隠れキリシタンたち、踏み絵に足をかけつつも、信仰を棄てきれなかった人々に人生を語らせるという意図があった。殉教者の記録は讃美と共に残されている。が、棄教者はカトリック史の汚点として葬られ、その記録もほとんど残されていない。しかし、その棄教者たちにも「声」があり、彼らの足も痛んだ、と遠藤は考えた。

そして、遠藤はもう一人の裏切った男――イスカリオテのユダについても触れる。

「ユダと小説」(「風景」一九六二年十二月号)には、ユダの登場する場面が三回に分けて考えられている。最後の晩餐・裏切りの接吻、そして、ベタニアのシモンの家での出来事についてふれている。

イエスがシモンの家を訪れたとき、マリアはイエスの足に三百デナリオの高価な油を注いだ。ユダヤでは賓客に香油を注ぐことが丁寧なもてなしのしるしだったからである。そして、香油を入れた油壺を壊して、イエスの頭に油を注いだ。それは、油を注ぐことでイエスを葬る備えをしたのである。ユダヤでは、死者を水で拭いてから香油で浄め、経かたびらに香料を添えて埋葬する習慣になっていた。弟子たちですら気づかなかったイエスの死が近いことを、マリアは感じていた。しかしそれを見ていたユダは「貧者に施しえたりしものを」と言った。なぜなら一デナリオは一日の労働賃金に当たるからであり、二デナリオは一日の宿賃、二百デナリオで大群集に昼食をふるまうことができたからである。

このとき、ユダはイエスに最後の忠告をしたのかもしれない、と遠藤は言う。人間には効果が目に見えぬ「愛」より必要なものがあることを、例えば盲にとっては眼の見えること、足萎えには杖なしで歩くことのほうがあなたの唱える「愛」よりずっと大切なのだということをイエスに訴えたのはユダだけだったと遠藤は考える。

そしてさらにこう推察した。

「イエスが孤独なままで捕われ、苦しみ、死ぬかもしれぬと考えたのは彼だけだった……」（傍点筆者）（『イエスの生涯』）

いつかイエスが捕えられ、死ぬかもしれないことは他の弟子たちも感じていたかもしれない。しかし孤独なまま、誰にも真意を理解されず死んでいくことを予感していたのはユダだけだったと遠藤は捉えた。仮に遠藤が考えたように、弟子たちのなかで最もイエスを理解していたのがユダであったなら、たとえイエスを裏切り売ったとしても、そのユダは果たして救われたのだろうかという疑問がうかぶ。

バークレーによれば、イスカリオテのユダの「イスカリオテ」（Ｉｓｃａｒｉｏｔ）という名称は「シカリウス」（Ｓｉｃａｒｉｕｓ）という名前と関連があり、「シカリ」（Ｓｉｃａｒｉｉ）の意味は「短刀の保持者」（『イエスの生涯』Ⅱ）であるという。イエスは「汝のうち、一人は悪魔なり」と弟子たちに向かって言ったように自分の惨劇が、ユダによってもたらされることを知っていた。では「短刀の保持者」であるユダを、イエスは、何故、そばにおいたのだろうか。

「我々にわかるこの問題の鍵は最後の『行きて速やかに汝の為すところを為せ』という言葉であろう。人間のどうにもならぬ業を基督は知っていたのであり、この業を肯定もしていたのであろう」

遠藤の論じるとおり、仮にイエスがユダの行為を肯定したのなら、『沈黙』におけるキチジローの存在を遠藤はどのように捉えるのだろうか。キチジローはイエスを売ったユダと比較され、論じられてきた。確かに、キチジローの裏切りによってロドリゴは役人に引き渡される。あの晩、イエスがユダに向かって言ったように、ロドリゴも心のなかで何度も「去れ」とキチジローに叫ぶ。しかし、そのロドリゴもまたキチジローと同じ背教行為を為すのである。もはや裏切ったのはキチジローだけではない。もし、ユダを「裏切り」という行為で規定するならば、キチジローもロドリゴもまた、ユダである。

ロドリゴは司祭としての役割を、「セバスチャン・ロドリゴの書簡」のなかで、繰り返し述べている。その役割とは、如何なる困難があってもひたすら人々に奉仕することであった。しかしその思いとは裏腹に、信仰を護りぬいた信徒たちが水磔に処せられただけではなく、棄教すると誓った信徒たちもまた、ロドリゴが棄教しないために逆さ吊りにされた。ロドリゴは信徒を救うことができないばかりか、自分の存在自体が信徒を苦しめていることを思い知る。捕えられた信徒を前にロドリゴはこのとき無力感に捉われていた。なぜなら、他人のために何もできぬ司祭ほど孤独でみじめなものはないからである。そんなときに、ロドリゴはいつもイエスなら、どのようにこの困難を超え、人を愛してきたのかと問い続けた。しかし、山中を放浪したときも、信徒が目の前で殺されたときも何ひとつロドリゴは答えを聞くことはできなかった。そのロドリゴが踏み絵を前に足を上げたその時、初めて「あの人」の声を聞くのである。

「私はお前たちに踏まれるため、この世に生まれ、お前たちの痛さを分かつため十字架を背負った

のだ」（傍点筆者）

注意したいのは「お前たち」という言葉である。「あの人」はロドリゴに向かって語りかけた。が、それはロドリゴ一人に向けられた言葉ではない。キチジローをはじめ、信徒たち、そしてユダ、ペテロなど、キリストを裏切り、否み、売った人たち、皆に向けられたものである。彼等は裏切る苦しみを背負っていた。だからこそ、踏み絵を踏んだ足は痛むのである。その痛みに対し、「あの人」は「踏むがいい」と語り、その辛さを共に背負うのである。

そして、我々のなかにも「ユダ」がいるということを遠藤は次のように記す。

「どんな信者も一生の間、年齢に応じてユダの気持ちを持っているのだ。少年の時は少年ユダの心を、青年の時は青年ユダの心を、そして今の私のように四十をすぎた男にはそれなりに初老のユダの心理が意識の裏側にべっとりひそんでいるのである」（『ガリラヤの春』）

ロドリゴの足は重く、痛い。その重みには遠藤作品の登場人物たちの重みが確かに加わっている。

また『沈黙』には聖書の中の登場人物たちを連想させる場面がいくつかある。

ロドリゴがキチジローの密告により、捕われ、小屋にひかれていった先で四、五人の信徒たちに出会う『沈黙』の一場面を思い出してみたい。信徒の一人、モニカ（洗礼名）が司祭に白瓜を渡し「食べなんせ」というこの場面は、ロドリゴの胸に今こそ自分が彼らに何かを与えねばならないという想いを起こさせた。しかし彼には、自分の行為と死のほかに捧げるものを一つも持っていなかった。ロドリゴと井上筑前守との問答が始まってから数日後、そのモニカから三人の信徒が公役にかり出された。

ロドリゴが彼らに対し、十字をきったとき、子供のような微笑を浮かべたモニカの額に「司祭の指がほんの少し触れた」。ロドリゴは、このとき「長血を患う女」を思わせるかのようなこの女の額に触れただけである。モニカたち三人はその後、棄教を拒んだため蓑で躰を巻かれ、船から水中に突き落とされた。もちろんモニカは長血を患う女、その人ではない。しかし、常にイエスと自分の行為を比較していたロドリゴにとって、自分はイエスのように長血を患う女の長年の苦しみを一本の指から感じ、救えないばかりか、彼らの死を黙ってみていただけ、という想いは重くのしかかったに違いない。

また信徒のモキチとイチゾウは絵踏みを拒み、水磔に処せられることが決まる。二人は驟馬に乗せられ、海岸に着くと役人から一杯の酒を特別の慈悲で与えられた。この話を聞いて、ロドリゴは死のまぎわの基督に海綿をふくませた酢を飲ませようとした男の話を思い出す。モキチたちの処刑のために二本の十字架が波打ち際に立てられた。小雨と寒さのため群集が浜へと戻るなか、オマツと姪、二人の女が小船に乗り、モキチたちに食べ物を渡しに行く。しかし、彼らは一刻も早く天国に行くことを願い、受け付けない。女たちは仕方がなく浜に戻り、雨に打たれて泣き崩れる様子が描かれている。イエスが処刑されたとき、そこにも二人の女がいた。聖母マリアと、マグダラのマリアである。「ガリラヤより従ひ来れる女たちも遥に立ちて此等のことを見たり」（ルカ23章49節）と聖書にしるされた場面を『沈黙』から七年後の四十八年に刊行された『イエスの生涯』で遠藤は次のように描いている。そのとき、見物人たちはただ残酷な好奇心だけで次第に体力の弱まっていく三人の囚人たちを見上げていた。

「それは祭りの日に相応しい見世物だったからである。イエスについてきた婦人たちだけがうちのめされた絶望感に両手で顔を覆い、地面にしゃがみながら、それでもまだ最後の奇蹟を待っていた。彼女たちの女らしい気持ちにはこの人がこんな残酷な結末を迎える筈はない、それではあまりに不合理だという感情が支配していたのである」

ロドリゴは明らかに、イエスの処刑の日、そして多くの聖人の殉教の場面を思い浮かべている。空には栄光の光があふれ、それを称える天使たちの姿があるとロドリゴは考えていた。しかし、信徒たちの殉教は辛くみじめなものだった。そこにあるのは女たちのどうしようもない哀しみである。

『沈黙』は遠藤の代表作であることはいうまでもない。『沈黙』論も先述したように多くの問題点を論じている。それらをふまえた上で、なお一層この作品が我々の心に重くのしかかるのはなぜだろうか。それはこの小説が単なる切支丹時代の物語ではなく、我々が誰しも持ちうる「ユダ」の心、つまり、人間が誰しもが他人を裏切り、自分をも裏切ることを描いたからではなかったろうか。そして人間がひとたび、肉体、拷問の恐怖に晒されたときには、多くの人間が一生を賭けたその思想さえ奪われ、屈すること。そのどうしようもない人間の弱さと哀しさをこの作品は示している。そして、遠藤はユダについてこう記している。「ユダの演じた役割は基督の生涯という劇のなかで最も大きな傍役となっていることを否定することはできない」（「ユダと小説」）と。ユダは確かに裏切り、という行為の象徴である。しかし、ユダの存在が示したものはもう一つある。それは一見正反対に思える「愛」

の思想である。

先に触れたようにユダは現実の「愛」、つまり、盲目の人には「愛」の思想より目が見えることが大事であり、脚萎えの人には「愛」より歩けることが大事なのだという。おそらくそれは我々が持つごく普通の論理なのである。醜いものを愛するより美しいものを愛すること、自分にとって利益がない人より、利益をもたらす人を愛することはごく自然の生き方である。しかし、と遠藤はロドリゴを通してこう言う。

「聖書のなかに出てくる人間たちのうち基督が探し歩いたのはカファルナウムの長血を患った女や、人々に石を投げられた娼婦のように魅力もなく、美しくもない存在だった。魅力あるもの、美しいものに心ひかれるなら、それは誰だってできることだった。そんなものは愛ではなかった。色あせて、襤褸のようになった人間と人生を棄てぬことが愛だった」

ロドリゴは「愛の行為」を理解していたが、行動に移すことはできなかった。しかし、踏み絵を踏んだとき、ロドリゴは今までとは違った形の愛を感じたという。

「聖職者たちはこの冒瀆の行為を烈しく責めるだろうが、自分は彼等を裏切ってもあの人を決して裏切ってはいない。今までとはもっと違った形であの人を愛している。私がその愛を知るためには、今日までのすべてが必要だったのだ」

「色あせて、襤褸のようになった人間と人生を棄てぬ」そんな愛を知るためには「今日までのすべてが必要だった」という。この言葉の重みを山根道公は次のように指摘した。

「ロドリゴは、一見、挫折と屈辱の極みのように見える自分の人生を振り返るなかで、そこに確かに神の働きのあることをしみじみと噛みしめているのであろう」（『遠藤周作　その人生と『沈黙』の真実』）と。踏み絵を踏むことによってはじめて獲得できた神の働き、あるいは神の視線を、ロドリゴは体のそこから感じている。つまり、ロドリゴは背教者となってはじめて神の愛の深さを知った。それは次の遠藤の言葉からも推察できる。『沈黙』とは「神の沈黙だけみたいに考えられちゃっているが、歴史や教会に沈黙させられている人間に再び人生を語らせ、それを通じて神が自分の存在を語っているということがいいたかった」（傍点筆者）（「井上親父をかこんで」――「批評」一九六六年八月号）作品なのである。

歴史や教会に沈黙させられた人、つまり何の評価もされず、誰からも愛されぬ者、背教者達をとおして、弱いもの、娼婦のように誰からも愛されぬ者を、見棄てぬこと、その姿を通してはじめて遠藤のイエスは存在するのではないだろうか。そしてそれこそが遠藤の求めるイエスの姿である。

第七章　遠藤のイエス像——母なるキリストを求めて

周知のとおり、遠藤にとって切り離せないテーマは「母」の存在である。その「母」とは、ときに少年遠藤の母であり、イエスの母・マリアであると同時に、遠藤の「母なるもの」を意味している。この「母なるもの」が遠藤文学の核であることはいうまでもない。なぜならそこにこそ遠藤が魂をこめて描こうとした母なる基督が存在するからである。

早朝、霜で凍りついた道を母と少年は教会へ向かう。黙って祈りながら歩いている母を、少年は正視している。たとえ聖なる世界へ導くことでも、少年にとって信仰をもち続けることは辛い日々であったに違いない。それでもなお、少年は母の後ろ姿に黙ってついていくしかなかった。また家にいるときは血が滲むほどひたすらヴァイオリンの音を求め練習に打ち込む厳しい母の姿を見つめる日々だった。その母は他人を幸せにするか傷つけるかした。つまり炎のように、出逢った相手の人生の上に一つの痕跡を残した。確かに人は誰しもたった一人では生きてはいけない。たとえばその人と出逢わなければ別の道を歩いていたかもしれない、というように、誰かが他人の人生に何らかの影響を与える。遠藤はそれを「痕跡」とよぶ。仮に母が多くの人を傷つけたとしても、少年にとって母はすぐ美化してしまう愛着の対象にほかならなかった。なぜなら「私」にとって何より大きな痕跡とは、もし神があるならば、自分にも信仰心を与えてほしいと祈った少年期に「基督に顔を向けさせた」（『六日間の旅行』）からである。作中人物である「母」と「私」が遠藤の母と自身そのものであるとは思えないが、遠藤の体験に基づいていることは否めない。後に遠藤は一神教の基督教を洋服にたとえ、その洋服を汎神論の地である日本で和服に仕立て直すことが自分の使命であると述べている。なぜなら、その服以外に遠藤が持っているものがなかったからであり、「今一つは母にたいする愛情や、母が着せてくれた基督教のもつ力のためである」（『私の文学』）

つまり、遠藤にとって洋服を和服に仕立て直す使命を与えてくれたのはまぎれもなく母の存在であったといえよう。

遠藤の母性について二人の評論家が次のように述べている。江藤淳は「無限に受容して限りない至福を与えるもの」（『成熟と喪失』）であり、一切の罪を赦すものと指摘した。また武田友寿は「つねに『地上の中では聖なるものが一番高く素晴らしいものだ』と信じ、『より高い世界の存在せねばならぬことを魂の奥に吹きこ』み、そのような世界を目指すことに生き甲斐を感じている『母』こそ、遠藤における『母性』」（『遠藤周作の世界』）であると述べた。確かに武田が指摘するように遠藤にとって、地上の中で聖なるものこそが大切であると信じ、人間を超えた神の世界へと導いた母は他の何者にもかえがたい存在である。それは遠藤自身が言うように、如何なる場合でも棄てることができない「愛」の対象そのものである。しかし、それが母なるキリストとして作品の中で描かれるとき、その姿は江藤の指摘する、無限に受容する、罪をも赦す母の姿ではないだろうか。

「母」は確かに多くの人を傷つけた。しかし、「私」もまた「母」を裏切り、傷つけた。例えば『童話』に描かれたカラスという少年を考えてみたい。物語の結末では父のために母を裏切るカラスが描かれている。本来なら母の味方であるはずのカラスの裏切り。それを知った母が夜更けまですすり泣く声をカラスはただ聞くことしかできない。しかしそばにいてほしいと哀願する父を見棄てることができなかったそのカラスを作者は単に裏切り者として描いたのだろうか。

物語の最後には次のような場面がある。自分を責めるカラスは露西亜人の老人が言った、キリストはすべてを知っている、という言葉を思い出す。それでも自分の悲しみをキリストが知っているはずがないとやけになるカラスの周りには遠藤が「カタルシス、浄化」の象徴という雪が舞っている。この象徴については後に詳述したい。カラスの苦しみを知っているという物語の背後に潜んでいる視線こそ、遠藤の描くキリストの視線ではないだろうか。

また『もし……』に登場する修道女モニックは「私」が紹介した青年と結婚するために基督と結婚する誓いも、仲間も棄てた。しかし、と遠藤は語りかける。

「もしモニックさんが、結婚生活で会にいる時よりももっと多くの人間的な苦しみや悲しみを味わうとしても、それでも基督は怒るだろうか」と。基督はそれらの弱い人間を責め、罰するだけなのか、そこに赦しは存在しないのだろうか。その問いの答えを遠藤は聖母マリアを思わせる登場人物たちに託している。例えば『楽天大将』の朝吹志乃であり、『わたしが・棄てた・女』の森田ミツなどである。

ミツは他人が苦しむことに耐えられない女であり、いつも誰かが不幸なのは悲しいと考えていた。ミツは癩病と診断されるが、それが誤診と判り、一度は同じ病気を持つ仲間に別れを告げ、病院を離れる。しかし、ミツは再びその病院に戻ってくる。今まで愛されることを知らなかった自分を、共に生きる仲間として受け入れてくれた人たちを、ミツは棄てることができなかった。

「ミツ」という名前の女は、『灯のうるむ頃』『ピエロの歌』『スキャンダル』などさまざまな形で作品に登場する。同じ「ミツ」という名前をもつ女性であってもそれぞれの作品の中で微妙にそのキャラクターは変遷を遂げている。この点に関しては笛木美佳が詳細に指摘している（「キャラクターの円環――森田ミツをめぐって」）。ここで取り上げたいのは人のよい、他人の苦しみに敏感な女性森田ミツである。遠藤にとってミツはマリア的女性であると共に「母なるもの」として存在する。つまりこの作品の中で、他人を傷つけた「母」はいつしか無限に受容する「母なるもの」へと移行しはじめる。ミツは、吉岡が大事にしてきた出世や金銭欲ではなく、彼が棄ててきたもの、たとえば、世の中から見棄てられた弱い者を、ひたすらに愛した。そして、ミツは彼女を裏切った吉岡を赦した。私が、棄てた・女とは、ミツであり、遠藤における母なる基督である。ミツは「裏切る者」を赦すことから遠藤の母なるキリストへと移行するのである。では、一方、吉岡がミツを想うとき、心苦しい痛みをともなうのはなぜだろうか。吉岡が裏切り、幾度棄ててもそこには微笑を浮かべるミツがいるだけである。遠藤のマリア像に欠かせないものが、この「微笑」である。遠藤の述べる「微笑」は「愛すること」を意味する。この愛は、「棄てないこと」「赦すこと」を暗示する。しかし、裏切った自分をも受け入れるその無償の愛は一層吉岡に重くのしかかる。いっそ非難されたほうが楽だったかもしれない、と愛された者たちはいう。

たとえば『死海のほとり』には次のような場面がある。

百卒長は今まで何度もゴルゴタとよばれる刑場で囚人が十字架に貼りつけられるのを見てきた。いずれも泥棒や人殺しなど罪を犯した人々であった。しかし、百卒長は目の前にいる痩せこけた男が何故このような目にあうのか分からなかった。しかもこの男はみじめで苦しい死を望んでいると自ら呟き、男に水を与えた百卒長に向かって、あなたが死を迎えたときに少しでも死の苦しみが取り除かれるように、と祈っている。そして男は、自分の死が、病める者、幼く力のない者の苦しみを取り除くならそれを受け入れるという。

「百卒長は、もしこの囚人が十字架の上から、このような不合理な刑罰を与えた人間たちに、愛の言葉ではなく憎しみと怒りの言葉を吐いてくれたならば、自分の心も楽になるのにとふと思った」

この男は今まで百卒長が見てきた人々の生き方とはあきらかに違った存在だった。自分を卑しめ、拷問した相手を罵り恨むのはごく自然な行為であった。それをしないこの男の生き方は彼にとって辻褄が合わなかった。百卒長だけではない。知事であるピラトもまたこの男と出逢い、決して消すことのできない痕跡を受ける。

ピラトにとってこの囚人は厄介な存在だった。彼もまた、何故こんな痩せた力のない男が捕えられたのか理由が分からない。ピラトが囚人に向かって、民衆を扇動したのかと問いかけたとき男は「一人一人の悲しい人生を横切り……それを愛そうとしただけ」と答えた。ピラトにとってこの男の存在が一層重くなったのは彼の「悲しい眼」を見たときからであった。なぜなら、その眼はピラトがかつて裏切り棄てた母の眼を思い出させた。

「母は消えたのではなかった。このような孤独な夕暮、母はいつも哀しそうな眼でどこからかピラトを見つめていた。夢のなかでも姿を見せた。非難の言葉も口に出さず、ただ哀しそうな表情をしているだけに、それはピラトには余計に辛かった」

絶えず自分を見続ける眼。辛いときに自分を裁くのではなく、より一層辛そうな眼でこちらを見上げる哀しそうな眼。裁き、鞭打ち、追い払ってくれればどんなに楽だろう……そう考えていたとしても不思議ではない。たとえ自分がなんども裏切ったとしてもその相手が、如何なるときでも自分を愛し、受け入れてくれるとしたら、だからこそその人を棄てた跡は痕跡となり、生涯消えることがないのではないだろうか。その傷跡を前に、一向に非難もせずただ微笑する母なる基督は時に重く作者にのしかかる。それでは、母なる基督は辛く、重たい、相手に痕跡を残すだけの存在だったのだろうか。

ここで作品『母なるもの』について考えてみたい。

「私」は本心を決して明かさず、二重の生活を送ったかくれキリシタンに会いに九州の本土から船で、ある島を訪れる。「私」がかくれに興味を持ったのは二つの理由があった。一つは西洋の風土で生まれ育ったキリスト教が日本の風土でどのように変化していったのかという点であり、第二の理由は彼らが「転び者」の子孫だからである。彼らは年に一度は踏み絵を踏んだ。何故なら踏み絵を踏むことで、仏教徒を装ったからである。かくれたちは肉体の恐怖から踏み絵を踏んだ日、おてんぺしゃとよばれる鞭で自ら体を打ったという。自分が信仰するものを裏切ったことは彼らに後悔と恐怖心をもたらした。つまりそれは罪を犯した者への罰が下ることへの恐怖である。彼等はひたすら赦しを請うために祈った。遠藤はその祈りが、父なるデウスへのとりなしを頼む母なるサンタマリアへの祈りであったと考える。それは無償の愛と赦しを求める祈りである。しかし祈っても裏切ったという意識は消えない。かくれたちは屈辱を感じながら生き続けなくてはならない。その姿に「私」は共感しつつも、一つの疑問を抱いていた。それでは裏切った人たちはどこに救いを求めたのかということである。

かくれを訪ねた「私」は、幾度となく母の夢をみた。夢のなかで「私」は胸の手術を受け、酸素ボンベに繋がれ、手術室から病室に戻ってくる。そのとき意識を失っているはずの「私」だが、なぜか自分の手を握っている母の存在を感じている。そこには医師も妻も誰もいない。ただ一人母がいるだけである。しかし現実の母は激しく生きる女のイメージしかなく、夢に出てくる人物とは程遠い存在である。「私」にとって大連で過ごした小学校時代には夫から棄てられ苦しみに耐えている母の存在しかなく、日本に戻ってきてからはヴァイオリンの音を求めたように信仰を求めて厳しく孤独な生活を求めていた母の姿しか浮かばない。病気のときですら手を握られた記憶はない。つまり、夢の中で「私」の手を握る母の存在は現実と重なり合うことはないのである。

かくれを訪ねる現実の「私」とかつて母を裏切った若い頃の「私」、この二つのストーリーがこの物語では糸を編むように交互に描かれている。少年時代の「私」は幾度となく母を裏切った。学校に行くといっては映画館に寄り道をした。そして母が死を迎えたときも友人の家でいかがわしい写真をみては時間をつぶし、その死に立ち会うことができなかった。実際の遠藤の母の死は一九五四年であり、遠藤は当時三十一歳であったので、この物語とは異なっているが、母を失いそこに何らかの裏切りの意識があったことは想像に難くない。「私」は母が薬さえ飲めば心臓がよくなるはずだったとか、自分は決して騙すつもりはなかったなどなど、あたかも信者が犯した罪を神父に話す告白のように繰り返し告げた。しかしいくら「私」が告白しようと、幾度嘆こうと、母を裏切ったという事実は変わらない。それはかくれたちが自分たちが信じたもの、美しい聖母の顔を踏んだという事実は変わらないのと同じことである。そのみじめさ苦しさを抱えた人間がどこに救いを求めるのかという問いの答を遠藤は一つの像に託したのではないだろうか。それは、遠藤とかくれキリシタンが共に救いを求めた「悲しみの聖母（マーテル・ドロロサ）」像である。「悲しみの聖母」として知られているのはわが子イエスの運命を嘆き悲しみにくれる母の姿を描いたカルロ・ドロチの絵画「悲しみの聖母」であるが、遠藤がここで言う「哀しみの聖母」像とは異なる。

作中の聖母像は遠藤が母の形見として大切にしていた小さな聖母像のことである。この安物の聖母像を「私」は母の死後も住まいを変えるたびに持ち歩いていた。聖母像は空襲で焼かれ、一部が壊れ、石膏は変色し、醜く変化して上半身だけになっていた。そのようすを遠藤は次のように記している。

「それは、今まで私が知っていた西洋の絵や彫刻の聖母とはすっかり違っていた。空襲と長い歳月に罅が入り、鼻も欠けたその顔には、ただ、哀しみだけを残していた。私は仏蘭西に留学していた時、あまたの『哀しみの聖母（マーテル・ドロロサ）』の像や絵画を見たが、もちろん、母のこの形見は、空襲や歳月で、原型の面影を全く失っていた。ただ残っているのは哀しみだけであった。

おそらく私はその像と、自分にあらわれる母の表情とをいつか一緒にしたのであろう。時にはその『哀しみの聖母』の顔は、母が死んだときのそれにも似て見えた。眉と眉との間にくるしげな影を残して、蒲団の上に寝かされていた、死後の母の顔を私ははっきりと憶えている」

その悲しみを含んだ聖母像を入院中も「私」は病室に持ち込んでいた。その形を変えた聖母像、つまりきれいな像ではなく、時を経て汚くよごれ、欠けた聖母像になってはじめて、その像は遠藤にとって何にも変えがたいものとなる。その像はこのとき、裏切りを戒める父の存在ではなく、裏切ったものと共に涙を流し、赦しを共に請う存在となる。それこそが遠藤の求める母なるものの姿であった。しかし、遠藤の描く母なるものの視線はいつも「哀しい眼」として描かれるのは何故だろうか。先に述べたように、もう少し裁いてくれるならと願う百卒長が見た十字架上の人もまた哀しい眼をしていた。『母なるもの』に描かれた母の夢は二箇所あるが、そこにも哀しい眼が描かれている。罪を犯したものにとって、それを非難するでもなく、罵るわけでもなく、ただ哀しげな眼で見つめる姿は確かに、辛く重い。しかし、その辛さと悲しさを理解し、共に赦しを請う存在もまた遠藤の考える「母なる基督」なのである。

かくれキリシタンたちが祈った聖母の絵を見ながら「私」はこう記している。

「私はその時、自分の母のことを考え、母はまた私のそばに灰色の翳のように立っていた。ヴァイオリンを弾いている姿でもなく、ロザリオをくっている姿でもなく、両手を前に合わせ、少し哀しげな眼をして私を見つめながら立っていた」

母が求めたものは苦しんだ日常の世界ではなく、人間を超えたもの、人間と神とが対峙する魂の世界であった。その世界を遠藤が「文学」をとおして描こうとするとき、「母」は「母なるもの」として昇華する。

さらに遠藤の描く母なる基督像の手がかりを考えてみたい。『男と九官鳥』、『四十歳の男』などをはじめ、『なまぬるい春の黄昏』にも遠藤の病床時代を思わせる男が描かれている。

ここでは「彼」と呼ばれる主人公が長い入院生活を経て退院し、家族旅行をするところから物語は始まる。旅行中の出来事に、時おり入院中の場面が織り込まれている。長い入院生活の場面では、同じフロアの患者たちの苦しみ、病室の窓から見える白血病の夫を支える妻の切ない光景が綴られている。そのなかで彼は唯一本音が言える九官鳥に、妻や友人には決して聞けない問いかけをする、「おいおい、神様なんているのだろうか」と。その問いの意味するところは、この苦しんでいる人たちの救いはどこにあるのかという根本的な問題である。それらの問いに答える「神」の存在を遠藤は従来のカトリック作家たち、モーリヤック、G・グリーン、J・グリーンなどとは異なった手法で描いている。たとえばドストエフスキーの『白痴』からヒントを得たといわれる『おバカさん』のガストンや『ヘチマくん』の鮒吉など、「私のイエス」を作中人物の一人として描こうとしてきた。この『ヘチマくん』をはじめ、ひとつの言葉が持つ意味、象徴として遠藤作品に表れているものについて兼子盾夫はたとえば「ヘチマ」は「瓢箪」の一種であり、キリスト教図像表現においては「復活」の象徴であると述べた。純粋無垢なヘチマ君の示す無償の愛も遠藤の描く「私のイエス」のかたちである。そのなかで、ガストンについて考えてみたい。

ナポレオン皇帝の子孫とよばれる馬のような長い顔のガストン・ボナパルト。引き留める隆盛と巴の家を出て星空のもと行く当てのないガストンに老犬がついてくる。あたかも遠藤が愛したルオーの絵を思わせるこの場面。苦しいことが多すぎたガストンはそれでもなお人間を信じたかった。そしてこの地上が、頭脳明晰な強い人のためだけにあるのではなく、自分や老犬のように弱く、悲しい者のためにもあるのだと思いたかった。遠藤が「私の理想的人物」と述べたこの男は、かつて執拗にまで描き続けた登場人物とは明らかに違う。たとえば『海と毒薬』には生体解剖を行う若い医師たちが描かれるが、人を心から無性に愛する人は描かれてはいない。殺し屋遠藤の心をかえさせたり、すさんだ気持ちをしずめることすらできないガストンのたった一つできることは、人のあとを老犬のようについていくだけであり、人間の悲しみを背負うために生きていくことだけなのである。

ガストンに託されたものは後の『沈黙』『死海のほとり』『イエスの生涯』まで続く遠藤のキリスト像の原点となる。この基督像を描いたのは「神々と神と」以来、執拗に追い続けてきた問題のためである。西洋と日本の距離を埋めること、キリスト教という洋服を和服に仕立て直すことは遠藤にとって一つの使命であったに違いない。遠藤はガストンという彼の基督を日本人の町に生活させ、触れ合いをもたせることで仕立て直しを計った。

そして、もう一つ遠藤の基督像を考えるヒントに自然描写がある。遠藤が「作家の秘密は、往々にして、その自然描写に発見される」と述べているように、時にそれは「光」であり、「風」や「雪」であり、他にも「火」や「葡萄」「海」「夜」「砂浜」「太陽」「嵐」など数多い。それはまた、西欧と日本の風土の違いという大きな問題を内包している。モーリヤックの小説を一例とすると「黄昏の光は葡萄畑に落ちていた」という一行からもそれは明確になる。「葡萄」からは先述した聖書の葡萄のイメージを思い、「黄昏の光」から恩寵の光を読みとるのは西欧人の場合たやすい。が、日本を含む汎神論の風土に住む人間たちにとってそれはとても難しい。遠藤はリルケ、モーリヤック、G・グリーン、J・グリーンなどの作品を論じながらコトバがもつ二重の意味について語っていく。なかでも特に遠藤の小説のなかで目立つ「風」というコトバがある。彼は具体的に「風」について論じてはいないが、そこに遠藤の想いを読みとることは可能だと思われる。

「風」はヤーヴェスト資料による二章の創造物語に出てくる。人間に生命を吹き入れる「息」であり、神の「霊」の原語でもある。『わたしが・棄てた・女』の一場面を思い出してみたい。

「風がミツの眼にゴミを入れる。風がミツの心を吹き抜ける。それはミツではない別の声を運んでくる。赤ん坊の泣き声。駄々をこねる男の子。それを叱る母の声。吉岡さんと行った渋谷の旅館、湿った布団、坂道をだるそうに登る女。雨。それらの人間の人生を悲しそうにじっと眺めている一つのくたびれた顔がミツに囁くのだ」

（『わたしが・棄てた・女』）

ミツはカーディガンを買うため、苦心して貯めた金を手に握っていた。そのミツの前には同僚の田口の妻と赤ん坊がいた。田口は賭けや博打に給料を使ってしまい、子供の給食費すらままならないのだ。ミツは、風に吹かれているその田口の妻と赤ん坊の前を通り過ぎる。そのときその声はミツに引き返してくれないかと囁く。この世で必要なのは他人の悲しみに寄り添うことなのだと。ミツは引きかえし、貯めていた金を田口の妻に渡す。

「風」が象徴化される場面は『なまぬるい春の黄昏』にもみられる。「雪」が浄化の意味を持つことは、すでに遠藤により提示されている。

「中庭も向こうの病棟の屋根もうずめた雪を眺める。あんなに汚かった中庭が一面、純白である。窓をあけると、つめたいが、しみるような風が、粉雪をまじえて彼の顔にふきつけてくる。彼はその風に、顔をさらしつづける。すべて、汚いもの、よごれたものが、その雪と風とで浄まり、すべて彼の心にある暗い情念がこの風で飛び去ることを念じながら、風に顔をさらしつづける」

（『なまぬるい春の黄昏』）

遠藤は「雪」と「風」によって人間の持つ汚いものや汚れたものが浄化することを願っている。そして暗い、邪悪な情念を風が吹き飛ばしてくれることを念じているのである。
また遠藤は小説の中で、登場人物を描きながら、その人間を見ているもうひとつの視線、もうひとつの顔をいつも心のなかに感じる、と述べているように、人間を見つめるもう一人、イエスの存在を強く意識している。それはルオーが描いた一枚の画についての文章からもうかがえる。この絵はルオーの作品の中で遠藤が最も忘れがたいという一九四七年の《デ・プロフンディス》である。《デ・プロフンディス》は詩篇一二九の「深き淵より」がベースになっている。老いた父親が息を引きとり、妻と子と思われる二人が死者のそばで跪いている。窓の向こうに西陽が見え、寝台の上には十字架が架けられている。

「《デ・プロフンディス》のもつ静かさのなかに、これら三人の親子を室内のどこかでやさしく泪ぐみつつ見守っているイエスの眼差しを感じるのは私一人であろうか。息を引きとった父親の寝台の上に十字架があるが、その十字架はこの絵ではほとんど意味をなさない。十字架よりも、この絵のこちら側にもう一人の人——同伴者イエス——が、じっと立っているのを感じるのは私一人であろうか」

（「ルオーの中のイエス」）

さらに「ルオーの中のイエス」と題されたこのエッセイの中に遠藤の求める母なるイエスが垣間見えてくる箇所がある。それはルオーが描いた道化師の絵について触れた一節である。
「老いた道化師の哀しみは人間そのものの哀しみである。その哀しみや醜悪さや汚れにもイエスが応えないのなら、ルオーにとってイエスは無意味な存在だったのだ」

遠藤がルオーに魅かれたのはルオーが人間を超えたもの、聖なるものだけを描いたのではなく、たとえば道化師のように人々を楽しませる反面、無限の悲しみを背負っている存在を描いたことにある。そこには「イザヤ書」の五十三章「まことに彼は我々の病を負い、我々の悲しみを担った」イエスの姿がある。そして、道化師の哀しみの顔が少しずつ純化され、「哀しみがやさしさとなり、やさしさとなった哀しみがイエスの表情となっていく」と考えている。

ルオーのイエスが道化師のような人間の同伴者として描かれていると遠藤が述べるならそれはまさしく遠藤の捉える母なる基督に他ならない。その基督は世の中は強いものだけのものではなく、醜く弱いもののためにもあるという。そして誰しもがもつ痕跡をとおして語りかけ、また小説の背後にいるもう一人の人として遠藤を見守る存在でもある。

第八章　『薔薇の館』——薔薇と復活

軽井沢銀座とよばれる通りからチャーチストリートを抜けると、樹木に囲まれた一角に聖パウロ教会が見えてくる。夏には多くの観光客が訪れるこの教会がモデルとなった戯曲が『薔薇の館』である。物語の舞台は昭和十七年四月、遠藤周作が堀辰雄を度々訪ねた軽井沢である。

遠藤が初めて戯曲を手掛けたのは一九五七年の『女王』（文學界）とされていた。しかし、没後、小林聖心女子学院で『サウロ』が発見された。『サウロ』は一九四八年ごろの作品と推定される。『サウロ』は慶應義塾大学卒業後、評論の仕事をしていた遠藤が、仁川の母の下に帰省中、小林聖心女子学院の新制高校三年生のために書いたキリスト教迫害時代を描く脚本であった。以後、『親和力』、『沈黙』の姉妹編ともいわれる『黄金の国』、山田長政を描いた『メナム河の日本人』、そして『喜劇　新四谷怪談』などが発表された。なかでも現代を舞台とした『薔薇の館』には、遠藤文学における多くの問題が提示されている。

なぜ遠藤は多くの小説を発表するなか、戯曲を手掛けたのだろうか。遠藤は戯曲と小説の違いを次のように分析する。小説が読者という未知の相手を対象とするのとは異なり、戯曲は観客の反応を直接、見聞きすることが出来る。作者の言葉を借りるならば小説家は「自分の読者に指でふれることはできぬ」(「中村戯曲への期待」)が、劇作家は観客の心の動きを眼で見ることが出来るとその魅力を指摘した。

さらに四十一年に発表された『小説作法と戯曲作法』を参照すると、その作法の違いは次の三点にまとめられる。

第一に、外形の問題。小説の場合、作中人物の外形、容貌をはじめ、癖などの外部的なものは、欠くことの出来ない要素である。が、戯曲の場合、こうした外形的なことは俳優が処理し、作家はただちに作中人物の内部から描き始めることができる。

第二は、純粋戯曲について。小説で書けるものは、戯曲には書かない。それを仮に純粋戯曲と称する。ト書きは小説領分であり、舞台に必要なのは、台詞である。

第三に、心理対心理の葛藤は、小説とはなるが、戯曲とはならない。劇とは何らかの形で、人間と人間を超えた超絶的なものとの関係から生まれなければならない。

遠藤はここで、人間の心理や意識では割り切れぬ「魂」の問題を提示した。この問題は、遠藤が批評家時代から培ってきた、第三のディメンションと深く結びついている。第三のディメンションとは、ジャック・リヴィエールが名付けた「魂の部分」を指す。人間の意識・心理を掘り下げていても、この第三の領域まで至っていない限り本当の劇だとは考えられない。聖書には基督や十二使徒の容姿や外形などどこにも書かれていない。そこにあるものは彼らの観念のたたかいと、彼らと超自然的なものの関係だけである。つまり、遠藤にとっては聖書が戯作法の教科書だったのである。そして遠藤は聖書、というより聖書を一つの劇ととらえ、そのクライマックスである基督の死について次のように記した。

「身がわりになって死ぬというのは、言いかえれば祭における生贄の思想である。人々は自分たちの罪をあがなう生贄として家畜を殺してこれをささげ、そして自分たちの再生のよろこび、復活を感じた。そこに祭の意味があったのである。演劇のなかには、なにかこの祭と同じものがある」

（劇と私）

遠藤は、劇の中に祭りの要素を主張した。それは観客が「生け贄」となった主人公に自分の身代わりとしての死を感じ、その死がカタルシスにつながると考えるからである。祭になると、人々は自分たちの犯した罪の償いとして家畜を殺し、捧げた。彼らはそこに彼ら自身の再生の悦びと、復活を感じたと遠藤は考える。

たとえば『黄金の国』に目をむけてみたい。『黄金の国』でも「祭」は効果的につかわれている。舞台は子供たちの「提灯や、バイバイバイ……」という祭りの唄から始まり、幕を閉じる第三幕、第四場もまた、この唄がうたわれている。そして『黄金の国』の最終部分には、沢野忠庵（フェレイラ）のもとへ、井上筑後守があらわれ、キリシタンを憎む書物を書くように勧める場面がある。二人はそこで、役人から、あたかも盂蘭盆とよばれる祭りを閉じるべき生け贄を思わせる、七人の信徒の殉教を知らされる。しかし、その時、「四人の南蛮パードレ、夜の闇にまぎれ、上陸した」との報告が入り、あたかも再生の象徴として幕が閉じられている。

その生贄と再生を表す「祭」が効果的に描かれているのが『薔薇の館』である。

遠藤は『薔薇の館』の初演に際し、観客の反応が楽しみだと記したあと次のように述べている。

「私は演劇の発生は祭りであり、祭りには人々の行為を背負って捧げられる生贄を必要としたが、それをそのまま戯曲で生かすことによって——、つまり演劇をその発生の本源にもっていくことによって戯曲が書けないかと考えていた。お読みになればわかって頂けると思うが『薔薇の館』のテーマの一つと、生贄となる主人公ウッサンの存在理由はそこにある。そして、そこにまたこの戯曲が新約聖書につながるのだと作者は考えている」

（『薔薇の館』『黄金の国』あとがき）

『薔薇の館』は、復活祭前日に始まり、復活祭で幕を閉じる構成がとられている。物語の終盤、ウッサンの死が皆の心に重くのしかかっているとき、作者はまた、一人の日本人修道士を登場させた。彼は、勢子にブルーネ神父の居場所を尋ね、「私は、今度、ここに来ることに決まった者ですが」と、幕を閉じる台詞を言う。この修道士がこれからどのような道を歩くか、作者は何も書いてはいない。しかしこの修道士の登場は「ウッサンの死」が新しい「生」を生み出す、つまり、再生の象徴として描かれている。

『薔薇の館』は一九六九年「劇団雲」により上演された。この戯曲に登場する青年・高志は徴兵され、「汝、人を殺すなかれ」と説く宗教を信じる基督教の信者でありながら、戦地に行けば敵を殺さなければならない、という究極の選択に悩み苦しむ学生である。遠藤も出征はしてはいないものの徴兵検査を受けており、多くの仲間が出征していくなか、同じ矛盾に苦しんでいたことは想像に難くない。これらの経験はキリスト教徒として信仰と戦争の間で悩み苦しんだ高志に投影されている。高志は、カトリック教会がなぜこれらの矛盾に応えないのかなどさまざまな疑問を抱えていたまま入隊を迎えた。結局高志は入隊を拒み、逃走し警察に捕らえられたあげく、窓から身を投げて死んでしまう。

舞台には苦しんでいた高志に何もいえなかった無力な修道士ウッサンが登場する。主任司祭であるブルーネ神父が抑留所に連れて行かれたため、ウッサンは教会にたった一人残っている修道士だった。そもそも司祭になることも出来なかったウッサンにブルーネ神父の代わりはできず、信者たちの持ち込む問題を何一つ解決できなかった。この戯曲で「生贄」として描かれているのは言うまでもなくこのウッサンである。ウッサンは、愛する高志を失ったため、正気を失った恋人トシの悲しみに対しても、何もできない。追い詰められた彼は唯一可能な行為であるかのようにトシに飲んでほしいといわれた砒素の入った葡萄液を、一気に飲んでしまう。

ウッサン　ふあーい、トシちゃん。わたくしにできること……このことだけ。わたくしが……トシちゃん、あなたのために、できますこと、このことだけ。（中略）

ウッサン　ここ、薔薇のかわりに苦しみでいっぱい。その苦しみをわたくし、基督のように全部肩に背負うことできない。わたくし駄目な人。わたくし駄目な修道士。なにもできない。

（中略）

ウッサン　トシちゃん、それはみな、わたくしたちの罪。高志さんを殺したのは……それは……わたくしです。わたくしとわたくしたち。だから、わたくし、それを背負わねばなりません。このように。（紙芝居の絵をトシに見せる）

　ウッサンよろめきながら、二階にのぼる。

ウッサンは死を前にして、基督の十字架刑が描かれている紙芝居の絵を指す。観客はその紙芝居が、第一幕・第一場で、高志が明日の復活祭のため練習していた紙芝居であることを知っている。次の台詞のなかで「基督」と書かれていた箇所を「ウッサン」と置き換えて読むと、あたかも、ウッサンの死が予告されているかのようである。

高志　みんなはこうして基督に十字架を背負わせました。（中略）

高志　……基督は、その人たちのしたことを恨まず憎まず、すべて引き受けました。

　それが、彼の肩に背負った重い十字架でした。

ウッサンもまた、すべてを引き受けた。基督と同じ道をたどったかのように死んでいった。さらに聖書の基督像のイメージが周到に嵌めこまれていると思われる場面がある。死を前にしたウッサンが、二度繰り返す台詞がある。

「その葡萄液も、みんな悦んで飲みます」

「あなたのために、できますこと、このことだけ。この葡萄液を飲みますことだけ」

葡萄液を飲もうとするウッサンの台詞から、基督が死を前に、ゲッセマニの園で祈った言葉を思い出すことが出来る。

「『我が父よ、もし得べくば此の酒杯を我より過ぎ去らせ給へ。されど我が意の儘にとにはあらず、御意のままになし給へ』（中略）

また二度ゆき祈りて言ひ給ふ『わが父よ、この酒杯もし我飲までは過ぎ去りがたくば、御意のままになし給へ』」

（マタイ26章39〜42節）

ウッサンは葡萄液を飲んだあと、二階に上り、一人、誰にも見取られずに死んだ。しかし、そこには、キリストの処刑の際に十字架の下にいた女たち、聖母マリアも、マグダラのマリアの姿もない。ウッサンの死は孤独で惨めな死だったのだろうか。

ウッサンの死を発見したのは無神論者の小説家であり、特高警察の拷問に屈して転向した過去を持つ清岡だった。彼はそのときの様子を抑留所から教会に戻ってきたブルーネ神父にこう伝える。清岡が二階に上ぼったとき、ウッサンは、粗末な寝台から床に転がり落ちた姿勢で倒れていた、そして、おどおどした眼を開き、口から少し血を出して、すでに死んでいた、と。それでは自ら砒素の入った葡萄液を飲んだウッサンは、カトリックで決して認められない自殺をしたのだろうか。もしそれが本当ならウッサンは救われないのか。その疑問はウッサンの死にとどまらず、遠藤が問い続けてきたユダ、つまりイエスを裏切り、売ったユダ、一人首を吊って死んだといわれる裏切り者のユダも果たして救われるのかというテーマを浮かび上がらせる。

世界の歴史的対決を主として描き出したゴルトシュミット＝イエントナーは『七つの歴史的対決』の一つにイエス対ユダの闘いを取り上げている。中世における造形美術では、悪ギツネとされた人間の特徴として、ユダの毛髪は赤いとまで言われた。またユダは銀貨を投げ捨て自らの命を絶ったというが、祭司長たちは血で汚れたこの銀貨を神殿に納めることはできず、その銀貨で土地を買い墓地にしたという説もある。聖書の中にはユダが木で首を吊ったとはかかれていないにもかかわらず、その木はおそらく「ユダノキ」（セイヨウズオウ）であると言い伝えられた。この花は最初白い花びらをつけたがユダが首を吊った後はそれを恥じて赤い花びらをつけるようになったという伝説まである。

そのユダについて、「使徒行伝」第一章を見ても、彼の自殺については言及されていない。ただ十八節に「この人は、かの不義の價をもて地所を得、また俯伏に堕ちて真中より裂けて臓腑みな流れ出たり」と書かれているだけである。

カール・バルトによれば、この供述は、「ユダが自分自身の内部から崩壊していったことをはっきり言い表している」（『イスカリオテのユダ』）という。何故なら「はらわた（スプランクナ）」とは、新訳聖書においては、明確に外に表された、人間の最も内面的なものを示すからである。つまりユダは、自分自身の「内面的不可能性につまずき」破滅してしまったと。

弟子たちにすらその真意を分かってもらえずその死を迎えようとしたイエスは「その為すところを

速やかに為せ」とユダに言った。「視よ、我を賣るもの近づけり」と言われたユダは、イエスを裏切り、売った。しかし、遠藤は「ユダの救い」について、『イエスの生涯』でこう述べている。

「うつ伏せになったユダのみにくい死体を私たちは思いうかべる。ユダもまたイエスによって救われたろうか。私はそう思う。なぜなら、ユダはイエスと自分の相似関係を感ずることで、イエスを信じたからである。イエスは彼の苦しみを知っておられた。自分を裏切った者にも自分の死で愛を注がれた……」

ウッサンの死が、ユダをも含めて考えることが可能なら、ブルーネ神父と交わされた次の清岡の台詞はより一層我々の心に深く問いかけてくるのではないだろうか。なぜなら、そこには遠藤が捉える「復活」の意味、信じることの意味が問われているからである。

清岡　ウッサンさんが知らずに葡萄液を飲んだのか。それとも知って飲んだのか。ちょうど、あの学生が自殺したように、教会で一番禁じている自殺の罪を犯したのではないか、知りたかったのではありませんか。

ブルーネ　それで……あなたは、どう思います？

（中略）

清岡　私は少しずつ……酒を飲んでいる時、夕暮れの道を歩いている時……ウッサンさんの眼が浮かぶんです。犬のように哀しいあの眼が浮かぶんです。（中略）犬のように、皆のため何か尽くそうとして、私にいじめられ、皆にいじめられ、しくじっておどおどして。その揚句……口から少し血を吐いて死んだウッサンさんが。神父さん、あの人は（泪をながして）あの人は、自分のものでない過失を一人で引き受けたんです。自分一人で……。

清岡　神父さん、聞きますが、あなたの信じていられる方も、ウッサンさんのように死んだのですか。口から少し血をながして、一人ぽっちで、そしてウッサンさんと同じように、いつも哀しい眼をして、みんな、しくじって。

ブルーネ　私も……そう思う。

ブルーネ　なぜそんなことをお聞きになる？

　　鐘が鳴りはじめる。

清岡　もし、そうなら。私は今こそ信ずるという意味が、少しだけ……少しだけですが、わかってくるような気がする。私にだって、復活という意味が少しだけ、わかってきたような気がする。なぜでしょう。なぜか、自分でもわからないが……

神はいないと言い切る清岡がはじめて「信じること」の意味を問うこの台詞はこの作品の核をなしている。つまり、仲間を売り、裏切ったこの清岡の台詞から、遠藤の考える信じることの意味、「復活」への想い、そして、遠藤のイエス像が浮かび上がるからである。それは『札の辻』や、『薔薇の館』から四年後に発表された『死海のほとり』を考えることでよりいっそう明確に示される。

たとえば『札の辻』の「ネズミ」と呼ばれた男。この作品には臆病で、倒れた人を見れば自分が貧血を起こし、気弱そうな笑みを浮かべる修道士が登場する。その男が、収容所で飢餓の刑に処せられた仲間の代わりに罰を受けて死んだかもしれないという噂話を、主人公の「私」はきく。もしそれが真実なら、一体何が気弱な男に起こったのだろうかと遠藤は問いかける。

それは修道士が、日常の世界、人と人の織り成す世界ではなく、神と向き合う魂の世界へと昇華したということなのだろうか。

また『死海のほとり』の強制収容所に送られた臆病な修道士コバルスキ。やはり「ねずみ」とよばれたこの男は、収容所で生き抜くためには何事も厭わない人間だった。警備兵や囚人監督に取り入るために、赤十字から送られたアルコールを盗んで渡したり、何とか自分だけは辛い労働以外の仕事、たとえば医務室勤務などに就こうと画策する。そのコバルスキが死を前にしたその時、最後の食糧となる、たった一つのパンを同僚に譲ったのである。コバルスキの死を考える「私」には、イエスだけが栄光のある死をとげたとは思えなかった。恐怖のために尿を流しながら独逸兵に連行されたコバルスキが、一人で死んだのではなく、イエスもまた惨めな死を迎え、彼に付き添われたのか、と「私」は自分自身に問いかける。それは「あなたの復活の意味をほんの少しだけでも考えだしたからなのでしょうか」と遠藤は男の死が「復活」につながることを提示する。

ウッサンも「ねずみ」も遠藤のイエス像の一人であることは明らかである。そして遠藤の描くイエスとは、決して他人のために命を懸けるという、強い者だけのものではなく、肉体の苦痛の前には何もできず、自分の信念を曲げてしまう弱者の中にも見受けられなければならない。つまり収容所という特殊な状況で生きた人だけでもなく、江戸時代に迫害された切支丹たちの話だけではなく、現代に住む我々の隣に住み、行きかう町の人々の中にも、イエスの存在を感じられなければ遠藤のいう復活は存在しないことになる。

『私のもの』にもそれは次のように描かれている。

「窓から見える新宿の雑踏。信号をまっているバスや車。電気洗濯機の広告。春もの一掃の値引きした靴屋の前に集まってきた女たち。そんなどこにもある日本のよごれた街のなかに『あの男』を、神の存在を見つけることができないならお前の小説はいったい何なのかと勝呂は思った」

こう述懐する勝呂は遠藤の最も大切な部分を代弁している。つまり、遠藤の描くイエスは我々の住んでいる街にこそ存在しなくてはならないのである。そしてそのイエスに触れたことで何らかの痕跡を受け、その人たちが人間と人間のつながりだけではなく、神、言葉を変えて言うならば自分の信じるものに人生を賭けていく姿、愛を実践する姿に遠藤は神の復活をみるのではないだろうか。

復活を表す聖書の場面は共観福音書の中で最も古いマルコ福音書（16章1—8節）に次のように書かれている。安息日が終わってマグダラのマリアたちがイエスの体に香料を塗るために墓を訪ねるとすでにその姿はなかった。墓の中には一人の青年がいて、ここにイエスはいない、すでに甦った、このことを弟子たちに知らせに行くようにと言った。

「女等いたく驚きをののき墓より逃出でしが、懼れたれば一言をも人に語らざりき」

つまり、彼女たちは恐れおののき、このことを誰にも話さずにいた。復活とは原語で「起こす」という意味を持つ。「当時のユダヤ教では、死は『眠り』に就くことと表現されるため（中略）そこから生に転じることは『(死の眠りから) 起こされる』という言い方になる」(佐藤研『『復活』信仰の成立』) ことがわかる。また当時は墓が横穴式だったことを考えるとまさしく墓から起き上がるという事がイメージされたと考えられる。

つまりこの世の終わりに「起こされた」ひとは次の世の生命を受ける筈という教えである。その想いを弟子たちも持っていたことは想像に難くない。イエスが政治的な反乱者として十字架にかかり処刑されたことに加え、何故イエスがあれほどの惨めな死を遂げなければならなかったのかということに弟子たちは混乱していた。そして、このまま朽ちるはずがないという希望に似た期待を持っていたに違いない。その期待がある種の伝説を生み出したことも否定できない。多くの絵画にも描かれたエマオの村で弟子たちの前に現れたイエスの姿や、ガリラヤ湖畔での復活のイエスはあたかもイエスが「蘇生」した者のごとく描かれた。マルコ福音書以外にも聖パウロの書簡を通じてイエスが弟子たちの前に現れたことは示されている。しかし、遠藤はイエスの死体が忽然と消えたことと「復活」は何の関係もないと言う。つまり人々が考える「復活」イコール「蘇生」ではないと遠藤は明言する。遠藤にとって「復活」が大切な問題であるのは、復活を目撃した弟子たちが、なぜ、いつの時点から自分がイエスを信じていると公言できるようになったかという点にある。そのときはじめて弟子たちの中でイエスの復活は、働き、つまり体験として息づくのではないだろうか。

また『薔薇の館』には先に挙げた箇所以外にも「聖書劇」が多くの場面で意識されていることをつけ加えておきたい。この戯曲に登場する女性たち、なかでも注目したいのは勢子である。神も宗教も全く信じない勢子。エバを思わせるこの女に対して、作者はトシという対照的に純粋な神を信じる女を用意している。トシは出征を控えて悩む高志に対して何もできないことを悩んでいた。人が不幸だと嬉しいという勢子はトシにこう囁く。もしあなたが本当に高志を愛しているのなら「神」を捨てなさい、神がいなければ高志はずっと楽に出征できるはずだと。それに対しトシは何も反論できない。勢子とトシ、この二人の対決のほかに作者はもう一人の女を用意している。勢子がたびたび台詞の中で語る「長血を患う女」である。先に述べたとおり「長血を患う女」とは十二年間長血を患っていた女の話である。長年不治の病をかかえた女が、群衆の中にいるイエスの姿を見つける。病気の回復に一縷の望みを持った女は群衆にもまれながらイエスに近づき、ほんの少しその衣に触れる。群衆の中にいたにもかかわらずイエスはその女の指を感じ、「安心するがいい」と女に呟いたという話である。勢子はこの「長血を患う女」の話が好きだという姉芳子にこう言う。お姉さんはもうこの話を信じてはいない。神様なんて人間の創り出したもので実は存在しない。実在しないもののために悩むウッサンも高志も滑稽だと。しかし、その勢子が高志の訃報を聞いたとき次のように語っている。

勢子　兄さん、泣いているのね。

清岡　俺がか。馬鹿な。

勢子　いいえ、泣いているわ。わたしだって……泣きたい。長血を患う女の話を考えていたの。

（中略）

いつだったか、兄さんは、この世には二つの種族があるって。信ずることのできる人間と、どうしても信ずることのできない人間があるって。わたしや兄さんは、その後のほうの種族なのよ。もしもわたしがこの長血を患った女のように、信ずることができたなら。

神はいないと否定し続けてきた勢子は神に執着している。つまり、神の存在を否定し、見えないものを信じることができない自分を意識しつつも、ひたすらイエスの衣に指を触れようとした「長血を患う女」の存在を、勢子は心の中から消すことができない。ここに登場する女たちは勢子をはじめ、それぞれが自分の心の隠れた部分と対峙し、向き合っていく。勢子にとってトシというよりむしろこの「長血を患う女」こそが、勢子自身の光と影の部分を構成しているのではないだろうか。

砒素の入った葡萄酒と知りながら、それを飲み死んでいったウッサンの死は確かに「身代わり」としての死である。人々の罪を背負って死んだイエスのように、ウッサンもまた、人々の苦しみや哀しみを背負って死んでいった。しかし、私には遠藤がウッサンだけの死を描いたとは思えない。一人、葡萄酒を飲んだあと二階への階段を上り、部屋の戸を閉めたウッサンの背には、ユダの影が見えてくる。ユダの影だけではない。ウッサンの背には、自ら身を投げた高志も、そして自分が助かるために友達を売り、その屈辱の中で生き続けなくてはならない清岡、誰も信じることのできない勢子など、舞台に登場する彼らの影もまた見えてくる。まるでゴルゴタの丘を、十字架を背負いながら登ったイエスのように、ウッサンの背中には人間たちの悲しみや苦しみが十字架のようにのしかかり、その重みに耐えながら彼は二階への階段を上って行った。

先に私は、イエスは死の際、そのそばにマリアたちがいたが、ウッサンはたった一人で死を迎えたと述べた。果たしてそこには誰もいなかったのだろうか。

この教会にはかつて沢山の薔薇の花が咲いていたという。しかし、高志の自殺など教会に数々の困難が降りかかっていたころ、薔薇は咲いていなかった。ウッサンはトシにこう呟いている。

「ここ、薔薇のかわりに苦しみでいっぱい。その苦しみをわたくし、基督のように全部肩に背負うことできない。わたくし駄目な人。わたくし駄目な修道士。なにもできない」（傍点筆者）

「薔薇」は苦しみに相対するものとして存在している。聖書の中では聖母の象徴として多くの場合、薔薇ではなく白百合が象徴として使われている。これは被昇天伝説の影響があるといわれ、また受胎告知の際天使が手に持っているのが百合の花であることもその一因といわれる。しかしもう一つこんな伝説がある。それはマリアが亡くなって三日後の話である。人々が墓に行くとそこにマリアの亡骸は無くなっていた。そこにあったものは白い百合と数本の薔薇であったという。遠藤がイエス像に聖母の姿を重ね合わせていることは周知のことである。私は薔薇にこめられたもの、それこそが遠藤の示す「愛」であり、そこに遠藤の母なるイエスが存在するのではないかと考えている。

ウッサンが砒素の入った葡萄液を飲んだ後「何もできなかった」とトシに向かってくり返し呟く場面がある。そのウッサンにトシはこう言う。

「でもウッサンさんは、薔薇の花を、上手に咲かせたもん。教会の庭に……」

登場人物たちは皆、いつかこの教会の庭にも多くの薔薇の花が咲くことを願っていた。

その薔薇の花は、ウッサンによってたった花一輪であったかもしれないが、彼らの心の中に咲いたのではないだろうか。

二〇一三年、夏の一日、聖パウロ教会を訪ねた。オオルリだろうか、鳴き声が遠くから聞こえてくる。夕方には入り口の鐘のまわりに真新しい豆電球が光っていた。数十年前、ここでは毎月のようにバザーや子供相手のくじ引き大会が行われ、司祭館は人であふれていた。その司祭館も建て直され、かつて子供たちでにぎわっていた幼稚園も今は移動し、建物はない。司祭館を訪ねるとかつて幼稚園を手伝っていたという老婦人が一九三五年、この教会が建てられていた頃にはコロンビア人など多くの外国人修道士がいたと懐かしそうに話してくれた。司祭館を出て、教会の周りをひとまわりした後、重い扉を開けて教会の中に入った。中年の女性が一人跪いて祈っていた。私はマリア像の前に座り『薔薇の館』の終盤を思い出し、ひとつの疑問を繰り返していた。

二階に上がったウッサンはたった一人で死んだのか――。私には、舞台でライトを浴びるウッサンにはイエスの影が寄り添っている、そう思えてならなかった。

第九章　無名のひと――哀しみの連帯

遠藤は一九五八年「文學界」に短編『松葉杖の男』を発表した。この中に、病院の待合室を描いた場面がある。

「便所に行こうとして部屋のドアをあけると、風の通らぬ濁った廊下では家族につきそわれた四、五人の患者が狭い長椅子にぎっしり腰をかけている。爪をかみながらじっと何かを考えている鬱病の男もいれば、一人で何かをぶつぶつと呟いている中年の女もいた。その衣服からは汗の臭いだけでなく、これら病人特有の暗い苦しみの匂いが鼻につくのである。菅がその前を通りすぎる時、彼等は眼をあげて怯えたようにこちらを眺めた」

どこにでもある病院の待合室。神経科の患者たちは目に見えない傷をかかえて通院していた。外科の傷のようにはっきりとした傷跡があるわけではない。いつ回復するのか、見通しもたたない。主人公の一人である加藤のように、ある朝突然立てなくなったケースもある。診療の結果、その原因が、戦時中無抵抗な捕虜を殺した体験にあるとわかっても、治療法すら見つからない。待合室の患者たちに共通するのは「暗い苦しみの匂い」であり、「怯えた眼」なのである。

周知のとおり遠藤も手術に伴う入退院を幾度も繰り返している。その体験は、『葡萄』『男と九官鳥』『再発』『四十歳の男』『大部屋』など多くの作品に描かれるが、ここに共通するのは肉体的な苦痛であり、それに伴う孤独感であり、神の存在を問うことにある。

先に取り上げた『葡萄』には、麻酔の注射さえ効かぬ癌患者や、手も足もない畸形の患者が登場するが、この悲惨な状況をまえにしてなぜ神が黙っているのか、神は本当にいるのかが、繰り返し問われる。『大部屋』に登場する学生・村上は「神の存在」さえ否定する。もし神がいるのなら人口肛門の児童に対してなんとかしているはずだと言うのである。遠藤はエッセイ「秋の日記」のなかでこう記している。

「聖書のなかに出てくる病人たちの過去やくるしみがどんなものかはもちろん、我々にはわからない。しかし彼等の肉体的な苦痛には辛い孤独感が錆のようにまつわりついていたにちがいない。

キリストはこのことを知っていた」

もし、この苦しみをキリストが「知っていた」のなら、彼等は何らかのかたちで救われなければならない。「肉体の苦痛」が苦痛のままで終わってはならない。病という苦痛を取り去ることができなくても、彼等はどこかに神の存在を感じることはできるのだろうか。

遠藤は言う。もし神が存在するなら、それは自分が影響を受けたG・グリーンやJ・グリーン、そしてモーリヤックの描くヨーロッパの都市――ロンドンやランド地方のような一歩外に出ればたやすく教会を見つけられる町だけでなく、たとえばありふれた日本の町、神などとは縁遠い街頭風景のなかにも見つけられるはずだ、と。

「いや、それを新宿や渋谷のようなもっともありふれた日本的風景のなかに見つけるのが私の今後の仕事の一つであり、もしそれができたならば、私の『洋服』ははじめて洋服ではなく私の服になるのだろう」

（「私の文学」）

新宿や渋谷のような町――遠藤がその街頭風景に神の存在を託すなら、そこを歩くごくありふれた人々に、その存在を感じさせることができなくてはならない。彼らは、舞台にたとえるなら主役でも名バイプレーヤーでもない。いわば名もない脇役の人々である。しかしこの脇役の人々が行間からあげる密やかながらも、はっきりとした声、神に触れたいというその声を私は遠藤文学のなかに聴くのである。

『女の一生』（一九八〇〜一九八二年）は『松葉杖の男』から二十年以上過ぎて新聞小説として発表された。第一部は、幕末維新期の「浦上四番崩れ」と呼ばれたキリシタン迫害を軸に、自分を犠牲にしてもひたすら清吉を愛し続けたキクの物語であり、第二部は奥川サチ子と幸田修平の物語に、アウシユヴィッツにおけるコルベ神父の話が織り込まれている。

ここでも作者は、キクやサチ子だけでなく、多くの名もない女たちを登場させる。

サチ子は、入隊した修平の無事を祈るため、毎朝暗い凍てついた道を教会のミサに通う。その途中に神社があり、そこでは女が一人、お百度参りをしていた。

「彼女もまた、自分の息子が兵隊にとられ、その安全を願って朝早くから神社に来ているのであろう。信ずる宗教はちがっても、愛する者を思う女の気持ちに変わりはなかった」

それからも幾度か、サチ子はお百度まいりする女・老女・年寄りを神社で見かける。サチ子のできることも、ミサのなかで修平の無事を祈ることだけだが、神社でお百度を踏む老女もまたできることは神社でお参りすることだけなのだろう。その女たちの姿に彼女はたとえようのない悲しさをおぼえる。恋人であろうと、夫、息子だろうとかわりはない。愛するものと理不尽に引き裂かれた者同士の辛さをこのときサチ子は共有していた。

「教えてください」と彼女は聖母のマリア像の前で語りかける。もし神がいるのならなぜ、自分の大切な人が死んでいったのかと。その問いかけは、神社でお百度を踏んでいた老女のものでもあり、同時に、多くの名もない女たちのものでもあった。

サチ子はこの小説の主人公の一人だが、遠藤のいう日本のありふれた町、新宿や渋谷のような町を歩く無名の一人ともいえるだろう。そのサチ子は毎年一回、自分で決めた修平の命日に、彼がかつて行っていた四ツ谷の聖堂に行く。そして聖母像に向かって自分は普通の主婦です、と繰り返し語りかける。その普通の主婦の祈りのなかに、遠藤における「信じること」の意味が密やかに語られるのである。

「苦痛と悲しみとは神さま、わたしにあなたの本当の御心を疑わせたこともありましたが、その疑いがかえってあなたを今でも求めさせます」

サチ子はかつて自分が一人の青年を「全身で恋した」ことを夫にも子供たちにも話してはいない。平凡でつまらない人生と子供たちに言われてもかまわない。長崎のたくさんの信者を原爆で殺されてもなお黙っている神を、なぜ信じているのか、といわれても、サチ子は教会に足を運ぶことをやめない。

どこにでもいるような普通の主婦のなかに、愛した者、親しかった者を失う悲しみや苦しみがかくれている。どんなに祈っても、願ってもその苦しみや悲しみを取り除くことはできない。が、彼女は辛い出来事があって初めて神と向き合い、それを求めた。サチ子はそのなかで生き抜いた自分の人生が、決して一人ではなかったことを知っている。

このことを知るもう一人の女が第一部に登場するキクである。

キクは、もし神がいるのなら、自分の辛さの分だけ清吉の辛さを減らしてほしいと願う。それがキクの唯一の願いだった。彼女は聖母の前でこう語りかける。

「あんたは清吉さんばひどか目に会わせなさった」

しゃくりあげ、嗚咽し、肩をふるわせて、キクは聖母像に恨みごとを言う。しかし、ここで遠藤はこう続けるのである。

「彼女は切支丹ではなかったから聖母への祈りなど毛頭、知らなかったが、この恨みごと、この嗚咽もまた人間の祈りにちがいなかった」

キクは清吉を救うために弱くなった体に鞭打って「愛を尽く」すが、その願いもまたかなえられることはなかった。しかし、ひたすら清吉の幸せを願って死んでいったキクの一生そのものが愛の証だった。

また、『女の一生』の第二部には、ひとりのドイツ人医師が登場する。名前こそホフマンとついてはいるが、登場するのはわずか二場面である。彼は上司の命令でユダヤ人たちの収容所にやってくる。ちょうど収容所では一人の脱走者が出て、同じ棟の囚人たちは前夜から外に立たされていた。脱走者がみつからなければ、見せしめのために十人の囚人が処刑される。そしてすでにナチの将校による処刑者の選出が始まっていた。真夏の陽射しのなかに整列させられた囚人たちのなかから、やがて一人の「背の低い男」がナチの将校によって指さされる。男は声をあげて泣き、「女房と……子に……会いたい」と叫ぶ。このとき、一人の老いた神父が列から進み出て、自分が身代わりになると申し出る。神父の名はマキシミリアン・コルベ。

神父を含む十人の処刑者は、一つのパンも一滴の水も与えられない飢餓室に送られる。囚人は次々と死んでいくが、神父は生き続ける。そして十四日が経過した。ナチはこの処刑に終止符をうつために生き残った四人の囚人に石灰酸の入った注射を打とうとする。その役目のために呼び出されたのが医師ホフマンである。ホフマンは命じられた任務を終え、背中を丸めて自分の仕事場へと戻っていく。

医師はおそらくこう思ったに違いない。なぜ、自分がこんな役目を与えられねばならないのかと。町の収容所にまわされなければどこかの名もない田舎町で小さな医院をやっていたかもしれない。町の人々から愛され、若い人たちの結婚式にはいつも招かれていたかもしれない。しかし、運命は彼を、コルベ神父を殺す当事者にさせたのである。

他の囚人たちは窓によりそい、飢餓室のある棟をただ見つめていた。そして心のなかで、ナチの将校が次々と処刑者を指さしていったときの、あの光景を反芻していた。彼等はあの時、確かに自分のことだけを考えていた。自分だけは指さされぬようにと、それだけを念じていたのである。しかし、彼らはそのとき「私をその男のかわりに……」といった神父の声を聞いた。

囚人たちは、なぜ神父がこのような行為をしたのかわからない。もしそれが「愛の行為」であるなら、自分たちには出来るはずもない、と思った。

囚人たちのなかの若い男、ヘンリック・カプリンスキィも心のなかでこう呟いている。「頼れるのは自分一人、自分しか当てにならない。生きるのに、神なんか当てにしてはいけない」

ヘンリックとは夏の陽射しの中に整列させられたとき、指名されたガイオニチェックの隣に立っていた男である。男はこの物語の初めから何度も登場するが、作者は途中まで「若い男」とだけ記している。つまり、彼はその場にいた多くの無名の若者と同じ気持ちを持っていた人物として描かれている。

初めて収容所に着いたとき、この若者はコルベ神父に「あんたの神様に祈ってくれ」と頼む。自分が生き残れるように。自分さえ生き残れればいい、と彼は考えていた。

そのヘンリックは神父が遺した「愛がここにないならば愛を作らねば」という言葉に対しこう叫ぶ。

「俺はあんたじゃない。俺は神父じゃない。普通の平凡な男だ。俺はあんたのように誰かの身代わりとなって飢餓室で死ぬことなど、とてもできない」

この叫びこそ、端役の人間――どこの町にもいるごくありふれた無名の人間たちの叫びなのである。「私をその男の身代わりに……」という神父の言葉は日、一日とヘンリックの心のなかで膨らんでいく。神父と関わりさえしなければそんな思いを味わわずにすんだと彼は思った。彼にとっては神父の存在自体が負担にすら思えていた。しかし、そのヘンリックが、自分が出来る唯一の行為をする場面がやってくる。彼と寝起きをともにしている囚人が倒れたとき、やがて死んでいくこの囚人に、一日にたった一個しか与えられない自分のパンを譲るのである。かつて『葡萄』で描かれた末期癌の夫の掌を握り、彼の辛さを分け合った妻のように。たとえその苦しみを取り除くことはできないにしても一人の人間が精一杯できることがこの「愛の行為」なのである。そこにあるものこそ悲しみの連帯である。

『女の一生』から約十五年後、遠藤周作の集大成ともいわれる『深い河』が刊行された。その第五章「木口の場合」に戦場の無名の兵士たちを描いた場面がある。

元日本兵の木口のなかには忘れることの出来ない光景があった。襤褸をまとった無数の兵士たちが「死の行進」と呼ばれる道をあてもなく行進する。そのなかには彼自身の姿も、戦友・塚田の姿もある。一人、また一人と仲間の兵士が倒れていくが、それを助ける余力はすでにない。自分が生きるために戦友を見棄てていくさまはアウシュヴィッツの囚人たちを思い起こさせる。

木口はマラリアにかかっていた。仲間についていくことはもはや不可能で、自分をおいて先に行けというが、塚田は戦友を見棄てなかった。しかし、二人のそばには倒れている無数の兵士たちがいる。「殺してください」という声が聞こえる。それが叶わないと知った兵隊たちは次々自決していく。そこに浮かんでくるのは、たとえば、「殺してください」と訴えた多くの無名の兵士たちは、みな、一人孤独に死んでいったのだろうか、という疑問である。

私が思い出すのは『砂につけられた足跡』(Foot prints in the sand)という一つの詩編である。作者不詳とされたが近年マーガレット・F・パワーズと判明し、この詩編は印刷されて宗教用品を扱う店でも売られている。

「ある晩男は夢を見た。夢のなかで男はキリストと一緒に浜辺を歩いていた。砂の上には二組の足跡がついていた。キリストと男の足跡だった。男は自分の人生が終わろうとしたとき、砂の足跡を振り返った。そこにはちょうどレールのように二組の足跡がついていた。キリストと男が人生の隣どうしを歩いてきたしるしが確かにあった。

ところが、男の人生のなかで一番辛い時期、そこには一組の足跡しかなかった。やはり、あの時キリストは私の傍にはいなかった、と男は思った。男はキリストにこう尋ねた。『主よ、あなたは私がついていくと決めたら、ずっと私と一緒に歩くといわれた。それなのに私が一番辛い時期にどうして私をひとり置き去りにしたのですか』と。キリストは答えた。『私はあなたを置き去りにはしていません。あなたが一番苦しかったそのときも私はあなたの傍にいました。あの時私はあなたを背負っていたのです』」

（要約）


『深い河』の木口も疲れた足を引き摺りながら死の街道を歩いていた。そのとき木口は夢を見ているのか、意識があるのか自分でも分からない状態だった。しかし、そのとき木口は自分のそばにもう一人の自分が歩いているのを見るのである。

「『歩け、歩くんだ』

もう一人のその自分が、ともすると体の崩れそうになる木口を叱りつける。

『歩け、歩くんだよ』

あれが幻想だとは、生き残ってからも木口にはとても思えない」

歩かなければ死んでしまうというそのとき、木口は確かに傍らで彼を叱責する「もう一人」の存在を感じるのである。これはおそらく木口一人の体験ではあるまい。なぜなら木口の戦友・塚田の場合にも「もう一人のひと」の存在を読者は小説の背後に感ずることが出来るのではないだろうか。

戦地から帰った木口の戦友・塚田は長い間隠していた事実――食べるものがなくなり、自分がまず戦友の人肉を食べ、そして木口にもすすめたことを、告白する。嗚咽している塚田の肩に木口が手をおいたとき、木口の目に病室の窓の彼方を飛び去っていく三羽の鳥がうつる。

「三羽の鳥」が作った三角形はあたかも「父」と「子」と「聖霊」の三位一体を想像させる。つまり、創造主としての「父」、共に苦しむ「子」、そして父のもとに導く「聖霊」。「父と子と聖霊の名によって洗礼を授けなさい」(マタイ福音書)と書かれているように、この場面は、長い間、罪の意識に苦しんだ塚田の「洗礼」の象徴のようにさえ思えてならない。洗礼式では洗礼を受ける者の肩に「代父」とよばれる者の手が添えられるのだが、この場面、塚田の肩には木口の手がおかれているのである。

塚田は病院でガストンという馬面の無器用な青年に心を開く。ガストンは塚田の手を自分の掌にはさんで話しかけ、励まし続ける。彼にできたことは塚田と共に苦しむことだけだった。塚田が息を引き取るとき、このガストンは病室にいなかった。ガストンがもしキリストであるならば、先に書いた「砂の足跡」が一つになったように、ガストンはこの時塚田を背負っていたに違いない。

しかし、ここで再度考えてみたいのは「殺してください」といった名もない兵士たちのことである。木口にも塚田にもその傍らに「もう一人」の存在を感じることができるが、兵士たちはどんな想いで死んでいったのだろうか。

『深い河』にはもう一人大津という主人公が登場する。大津はインドの町で生き倒れたものを見つけては、彼らを背負ってガンジス川まで運んでいく。その行き倒れた人たちの多くは、人間の形をしながら人間らしい時間のひとかけらもなかった人生で、ガンジス河で死ぬことだけを最後の望みにして、街にたどり着いた人たちである。その一つ一つの遺体にはそれぞれの人生の苦しみと泪の痕が残っていた。彼らの流した泪のわけを大津は知らない。

しかし、この彼らもまた大津の背中に背負われたときから、人生の最後をたった一人で終わったのではなかった。彼らは大津に背負われ、大津と共にいたのである。その彼らが、やはり「無名の多くの人々」であったことは言うまでもない。「死の街道」で死んでいった無名の兵士たちの遺体にも、また同じように泪の痕があったに違いない。「殺してください」といって死んでいった多くの兵士たちの姿と大津の背中に背負われた人々はゆるやかに重なり合っていく。『深い河』のなかでは塚田も木口も大津もそれぞれ台詞のある登場人物であった。しかし、彼らは確実に多くの無名の人の想いを背負っていたといえるのである。

遠藤の基督は絶望、不安を抱えるときはじめてといっていいほど炙り出されてくる。その姿に気づくときは「砂の足跡」のように人生がまさに終わろうとするときかもしれない。『死海のほとり』や『侍』でも描かれたように、遠藤の基督はいつも名もない人と共に苦しみ、その苦しみを共に背負っているのである。

カトリックには「ロザリオ」という数珠のような形の六十個の珠で出来ている輪がある。その一つ一つを祈りながら繰っていく、言わば祈りの輪である。このロザリオには「バラの冠」という意味があり、精神的なこの冠を聖母マリアに捧げるという意味がある。遠藤文学を思うとき、それはこのロザリオに似ている。一つ一つの作品が珠のように繋がっている。それを繋ぐ糸こそは、苦しみを共に背負うという「悲しみの連帯」なのである。

遠藤は先に述べたように一九七六年十二月、ポーランドのワルシャワに行き、そののちアウシュヴィッツを訪れている。数々の悲惨な展示物のなかで遠藤が「一番こたえた」のは、棟と棟の間に飾られていた無数の死者たちの写真だったという。そこには中年の女・若い娘・少年たちの顔があった。その写真をみて「今日まで私はこれほど怯え、これほど歪んだ無数の顔を見たことがない」と述べる。名もない多くの者が殺され、囚人同士も自分が生きるためなら仲間を売ってでも生き延びた。それが日常の世界だった。ここでもやはり、多くの囚人たちはなぜ自分がこんな目にあうのかと思ったに違いない。ここには神はいない、神など当てにならない、信じられるのは自分一人と思ったはずである。しかし、ごく少数ではあったが仲間を励まし、自分の食べ物、一日にたった一つのパンを弱った友人に与えた人たちが、決して特別な聖人でも、英雄でもなかったこともまた事実なのである。

「彼らが今、生きているならば昔と同じように無名で、つつましやかにどこかの町で暮らしているかもしれぬ。だがその人たちこそ、この収容所を見た者に『人間はやはり信ずるに足る』という証

（「アウシュヴィッツ収容所を見て」）

しかし、その地獄の世界のなかでもコルベ神父や、弱った仲間にパンを与えた無名の囚人の存在を知る時、我々はまた『神はおられるのだ』と叫ばざるをえない」

「この地獄の世界を見て『神などはいないのだ』と言うのも当然であろう。

そして、遠藤はこう続けた。

明をしてくれたのである」

遠藤は雪のまだ残るアウシュヴィッツを訪れ、壁にかかった無数の囚人たちの写真を見て、殺された彼らの声を聞こうとした。しかし、私には遠藤文学のなかの無数の人たちの声が聞こえてくる。それは身代わりになったコルベ神父でも、助けられたガイオニチェックのものでもない。そこに描かれた無数の人たちの声である。名もない人たちだからこそ心魅かれる。仲間にパンを与えた無数の人たちを通して、その人の一生を通して、神を、人を信じることの意味は語られている。

第十章　悪のむこうにあるもの——闇と光の中で

遠藤は「悪、死の本能——宗教と文学の谷間で」と題し、エーリッヒ・フロムが言及した「ネクロフィラス的人間」について、自分が小説家として「子宮の暗闇や悪に深い関心を抱く一人」であり、ネクロフィラスの傾向があると述べた。

「上昇のかわりに下降しようとする慾望や、死、死体、悪臭、骸骨に心惹かれる慾望さえ皆無とはいえない。暗闇をのぞくだけでなく、そのなかにもぐりこもうとする本能的なもの、子宮の薄暗さ、あたたかさ、湿りけのなかにかがみこもうとする願いが強くあることも否定しない。実際、それらが私になかったなら、初期から今日に至るまでの私の小説の大半は成立しえなかったと思っている」

ネクロフィラスとはもともとギリシャ語の死体（ネクロス）から出た言葉であり、死体愛好者のことを表す。この言葉をたびたび使ったフロムは、「人生から離れ、生に敵対するものに心ひかれる人間」を称してネクロフィラス的人間とよんだ。そしてネクロフィラス的人間の代表としてヒットラーやアイヒマンと共にユングの名前を挙げた。フロムのユング嫌いもあったとはいえ、ユングを取り上げたのは、彼が自分の家を建設した際見つかった、溺死した兵士の遺体の写真を壁に掛けていたことなどがその理由とされている。

もう一人のアドルフ・アイヒマンはヒットラー同様ナチスドイツでユダヤ人大量虐殺の責任者とされた人物である。アイヒマンは全ヨーロッパからアウシュヴィッツにユダヤ人を送る計画を指揮していた。戦後裁かれたアイヒマンは絞首刑となり、彼の遺灰は空から地中海に撒かれたという。そのアイヒマンには息子クラウスがいた。後にクラウスは大量虐殺から生き残ったユダヤ人の哲学者、ギュンター・アンダースと多くの書簡をかわした。そこにはアイヒマンが家庭では帰宅時に彼の息子から玄関で迎えられるような優しい父親であったという話が綴られている。そのアイヒマンが、命令とはいえ大量虐殺に手をそめるということ、つまり誰もがネクロフィラス的人間、アイヒマンになる可能性を秘めていることをこの書簡は伝えている。

遠藤は長い間、その一点をさまざまな作品のなかで描いてきた。たとえば『海と毒薬』では、ごく普通の医師たちが戦争中という特殊な状態とはいえ生きたままの人間を人体実験する人々を描いた。「悪」に魅かれ、「悪」に手をそめるという想いは、「私」のなかにもあなたのなかにも潜んでいると遠藤は言う。人々のなかに潜む悪の世界は深くひとりひとりの心の底に沈んでいる。

しかし、その一方で、遠藤が繰り返し「悪」の世界を描いても、汎神教である日本の土壌に、西洋の一神教のような、神を求める無意識の層や悪を認識する心は存在するのだろうか、と遠藤は問いかける。古来日本人にとっての悪とは、魂とはかけ離れた肉体を汚すものや病気など、遠藤が考える「悪」の問題とは距離のあるものであった。日本人の感覚は神だけでなく、罪や死、そして悪にたいする無感覚であり、基督教が教示する「魂の死」としての罪の意識を日本人が理解することは困難であると遠藤は指摘する。

しかし「悪」の問題とは遠藤文学を考える上で重要な視点であることは間違いない。この問題は留学時から、すでに遠藤の心を浸食し始めていた。なぜなら、それこそが遠藤文学の根本的な問題だからである。

遠藤が留学時に日記に繰り返し書いていたのはリヨンの街で行われていた黒ミサや、戦争で傷ついた人たちのことであった。のちに遠藤は、当時の日記を見ながら自らこう述懐している。

「悪夢、影、小人、レジスタンスの虐殺場所やリヨン市の中でナチが拷問を行った地下室をそっと覗きにいったことなどが多く書きつけてある。今にして思えばその古い建物の地下室をこわごわ覗きこんだのは、私は人間の心の奥底を、影の部分を見たかったからだと思う」

（解説『影の現象学』傍点引用者）

確かに遠藤は悪の行われた場所、例えば拷問のあった場所や、わが子を殺した母親の裁判に幾度も立ち会ったことはすでに述べたとおりである。そこで遠藤が見ようとしたものは人間の心のなかにある影の部分である。

『影の現象学』の著者である河合隼雄は次のように述べている。

「闇の暗さは人間の影の部分と関連の深いものがある。暗黒は悪の温床としての意味と、悪による破壊の帰結としての『無』を意味することのため、常に人の恐怖をさそうものである」

闇の深さが、人間の影の深さと関係があるのなら、「影」とは、人間の奥底にひそむ無意識の層にこそ存在する。ナチスが拷問した地下室や、黒ミサの行われた場所、それらが行われた場所に度々訪れた遠藤の心のなかには、悪だけでなく、人間の心の奥底、無意識の層をみたいという強い欲求が隠されていた。遠藤の捉える「無意識」の層のなかには抑圧された罪の源、元型のような深層の部分と、明らかにそこから神を求めるもうひとつの層がある。無意識に存在する「影」について、遠藤はこう書き記している。

「次に影という元型はフロイトがコンプレックスと名づけたものと大いに関係がある。それは我々が意識の世界のなかで自我形成を営んでいくうちに心の底に抑圧したものの総体だからである。文字通り、抑圧されて陽の目をみなかった自分のもうひとつの姿――つまり影なのだ。

だが影は一人の人間の心から消えてしまうものではない。それは日蔭者のように身をかくし、背を縮め、息をこらしてはいるが、目だたぬ形で活動をしているのだ。我々が無意識にする行動や思わず出す感情や、考えもしないで口にする言葉のなかに、この影は姿を出している。だから影の元型はもう一人の我々の顔であり姿であると言える」

そして、さらにユングが「影」、つまりこの分身を「無意識元型」のひとつと捉えていると指摘した。
遠藤が自分の分身である「影」シャドウと向き合った作品が一九八六年に発表された『スキャンダル』である。この作品で問われたのは、「影」の存在であり、弱さゆえの罪や救いの可能性を含んだ罪ではなく、「悪」の問題である。と同時に、この作品で遠藤が提示したのが「老い」の問題であった。

遠藤には約四百編に及ぶ「老い」に関するエッセイがある。遠藤にとって「老い」はまさしく自分の「死」を見つめるときであり、長年の病気、二年余に及ぶ入院生活が「老い」を身近な存在にしたことは言うまでもない。たとえば遠藤は、思想家であるルドルフ・シュタイナーの考えを一例として「老い」について次のように述べている。

人生を三つに分けたとき、若い頃は肉体の時期であり、熟年期、そして、壮年期は心（知恵と知識）の時期であると。そして老年期、人は肉体も衰え、同様に心も衰える。しかし、その老年期こそ霊的なもの、精神的なものにすべてが集中していくときであるという。つまり「老い」とは若い時代にはなかった感情がまるで心の中で沈殿するかのように重くのしかかる時なのである。その沈殿していった感情、それが如何に醜くともその自分と向き合うことを望んだ作品が『スキャンダル』である。そして、遠藤が『スキャンダル』で「老い」を取り上げたのは、「老い」こそが人間のもつ「影」の部分が現れてくる時だからである。

「で、私にその〈肉〉の問題として最終的には、年齢が年齢ですし、やっぱり自分の〈死〉の問題とか、〈老い〉の問題とか、老いのなかの〈妄想〉といいますかそういう問題が出てきます。（中略）年とると年とるだけの〈妄想〉っていうのがある。その〈妄想〉っていうのはやっぱり、死を前にした自分の意識下にあるようなものがいろいろワーッと出てくるんだろうとおもうんで、『スキャンダル』にもその部分を消すわけにはいかない。はっきり言ったら意識下の世界を書いているんで、意識の世界を書いているわけじゃないんです。読者の方たちはいわゆるふつうの小説と同じように、意識の世界だとおもっている」（『人生の同伴者』）

つまり遠藤は意識下の世界ではなく無意識にこそ存在する悪の問題と向き合うと同時に「悪の救済」は果たして可能なのか、そこに救いはあるのかとこの作品で問いかけたのである。

佐藤泰正は『スキャンダル』における「悪の救済」について「これはついに失敗に終わったというほかはあるまい」（「最後の小説に至るまで」）と述べた。この作品のなかにある「老い」と「悪」の主題が「分裂し、不徹底」に終わったのだと記した。

『スキャンダル』は勝呂という有名作家が授賞式の夜に自分の分身といえるそっくりな人間を見たことからはじまる。そのそっくりな男が日常生活のなかで次々反社会的な行動をとる。その男の正体は摑めぬままこの小説は閉じられている。ここに描かれるのは、当時の遠藤が強く魅かれた「無意識の世界」である。無意識の自我を自分そっくりな人間に託し、現実の自分の前に登場させる。遠藤はこのそっくりな人間について「俺とそっくりな男が」（「小説セブン」一九六八年）など小説やエッセイなどですでに以前から幾度となくふれていた。遠藤にとって自分にそっくりな人、つまり二重身（ドッペルゲンガー）の問題は興味のある事柄であり、もう一人の自分を深く探究したいがために『スキャンダル』という小説を発表した。なぜならその抑圧されたもう一人の自分こそが「影」の象徴だからである。

「自分のなかに二つの自分がいる――

自分でわかっているつもりの自分と、そして自分でも摑めていない自分と。

自分で意識して生きている自分と、そして自分でもわけのわからぬ自分と」（「Xの構造」）

遠藤は以前から、雑踏の中に自分そっくりの男がいるのではないかという恐怖、そして好奇心に突然捉えられる癖があったことを告白している。そして二重身とは自分自身の無意識が生み出す幻影なのだろうかと疑問を持ったのである。その一例として「エミール・サジェ事件」のような実際の出来事を取り上げている。

フランス地方の学校に三十二歳の女教師がいた。クラスの十三人の生徒が黒板に字を書いている先生が目の前にいるのに、全く同じ先生がもう一人、そのそばで同じように字を書いているのを見たと言うのである。そんな生徒が次々出てついにその数は百五十人に及んだといわれる。この人数をみて、これが単に無意識によるものと考えるのはいかにも単純すぎる。これらの現象は当人の無意識が造り出した幻影イメージのほかに当人の無意識とは無関係な現象としか思えないと、遠藤は指摘した。果たして抑制されたものは決してきえることはなく、もう一人の自分として活動しているのだろうか。

そしてこの二重身の問題は、遠藤が大きな影響を受けたモーリヤックの『テレーズ・デスケルー』にも大きく関わってくるのではないだろうか。遠藤が『テレーズ・デスケルー』に大きな影響を受けたことは周知の事実であるし、『スキャンダル』における登場人物の一人、成瀬夫人にその影響が見られることはすでに多くの評論でも取り上げられている。福田耕介が指摘するようにその「広い額」にはあきらかにテレーズの面影が映し出されている。

またその成瀬夫人には、『スキャンダル』に示された「悪」の存在が映し出される。たとえばそれは糸井素子が自殺する場面をまるで蟻地獄に落ちる蟻を視るように観察している姿にみることができる。蟻はゆっくり円を描きながら歩き、下でじっと身を隠している蟻地獄には気づかない。夫人は素子が死んでいくのが彼女の喜びなら誰も止めることはできないし、素子が快感を味わいながら死んだという確信があるという。勝呂はこの夫人の心理を推し測ることが出来ない。ただいえることはこの話が勝呂が描いてきた「罪の話」ではなく「悪の話」であるという一点であった。その成瀬夫人について福田は「成瀬夫人は、遠藤がテレーズ・デスケルーの中に見ていた『社会的自己と抑圧したもう一つの自己との対立』、『社会で見せる自分の姿と人にはかくしている自分』(『私の愛した小説』)の対立を、夫婦生活において解消する稀有な女性作中人物となっているのである」(「遠藤周作とフランソワ・モーリヤック――テレーズ的主人公の救済」)と指摘した。

しかし、私がここで取り上げたいのは個々の登場人物における『テレーズ・デスケルー』との比較ではない。遠藤が「私の愛した小説」の中で『テレーズ・デスケルー』を「分身小説である」と指摘した点である。

テレーズは夫であるベルナールを嫌っているわけでもなく、無関心であったわけでもない。むしろ、夫に対して愛と憎しみ、嫌悪と深い執着の感情を持っていた。それはベルナールのなかに自分の持つ別の面、ブルジョア性や事なかれ主義の姿勢を見たからである。なぜなら「テレーズが夫ベルナールに愛と憎との矛盾した感情を同時に持ったのは、夫が彼女の分身にほかならぬからだ」と記した。

我々は誰でも心のなかに自分の分身を持っている。周知のようにユングはこの分身を無意識元型の一つとして「影（シャドウ）」とよんだと遠藤は分析する。遠藤にとって『テレーズ・デスケルー』と出会って以来の疑問、つまり抑圧された分身や、無意識下で蠢く妄想を、そして、影を持つ人間が行き着くところは一体どこになるのかという疑問を提示する小説こそが『スキャンダル』の一面であった。

さらに遠藤は精神分析学者である樋口和彦氏のユング論から次の箇所を引用している。

「人間は一つの外面に表われた性格をつくりあげると、必ず、心の内面には、それと反対の大きさでシャドーがつくりあげられる（中略）影とは何かの都合で自分が意識的に『生きなかった』部分であると言ってよい。意識によって生きることをやめた部分は実は無意識にそれだけ蓄積されているのである。すなわち、その人の中の一卵性双生児の『黒い兄弟』とも考えられる」（『ユング心理学の世界』）

樋口氏は自分のなかのもう一人の自分を知るひとつの手段として夢判断をあげた。つまり夢の分析によって、遠藤が引用したその「黒い兄弟」に出会うことができるという。

つまり、夢の中に現れる別人（多くの場合は同性）こそが「影」の存在であるという。その一例として幼児の存在を挙げている。つまり、人間は子供のときから「善」を行うように仕向けられている。

日常の世界になじむために倫理的な意識が自然に育て上げられる。子供は本来、自由闊達に振舞う。しかし、次第に何をしたら怒られるのかを理解し、自分自身もしてはいけないことをすると不快になる、という経験をつみ、抑制ができるようになる。このように「生きてこない影の部分が次第にその人のなかに出来上がり、活動的に一方的に生きれば生きるほど、他方の生きなかった部分が巨大化する訳で、したがってじつは人格者ほど、影もまた大きい」と指摘し、さらに次のように述べている。

夢判断をし、患者を前にしてその人からは想像もできない泥棒や殺人など血なまぐさい話を聞かされると「時々このような人の中にある第二の人格ともいうべきその『悪い奴』がこちらをみて、ニタッと笑っているような感じがする場合がある。これが影である」

つまり、影を認知し、対決し、統合することが課題であるとするなら、影というものは元型の一種であって、その根底は無意識の層にあり、仮に自分のなかの悪を否定すると、その悪は周囲の人へと投射されると指摘する。

そして遠藤は『スキャンダル』では意識下の世界を秩序だてて描くのではなく、まるで人間が夢を見ているときのように時系列ではない構成を目指したと続けた。

それらをふまえた上で遠藤は重ねて問いかける、果たして糸井素子や成瀬夫人を『テレーズ・デスケルー』のような何処にも救いのない世界に追いやることができるだろうかと。「悪」は救い難いものとして『スキャンダル』で描かれているのだろうか。

主人公・勝呂が、ミツという若い娘を犯す自分の分身をその眼で視、その醜悪な姿を確認した帰り道の描写を我々は見落とすことはできない。わずか二頁弱の中に「雪」という言葉が七回（「白いもの」を入れると八回）登場する。「雪」は遠藤がジュリアン・グリーン論で繰り返し述べたように「神の恩寵」を表している。勝呂にとってこの夜の出来事は彼が今まで生きてきたこと、小説を書きながら「どんな人間の陋劣のなかにも救いの徴を見ることができると思っていた」その人生を否定されたに等しい。そして醜悪のなかにも徴を見つけることが課せられ、もしそれができなければこれからどう生きていけばいいのかわからなくなる、という切羽詰った状況だった。その勝呂の周りにゆっくりと雪が舞いだす。その時彼の目の前に再び分身であり、悪の化身でもある「あの男」が現れる。

「男はふりむきもせず、大通りをひたすら千駄ヶ谷の方に歩いている。街灯に照らされて無数の白いものが周りを動いている。その細かな雪片から深い光を発しているようだ。光は、愛と慈悲にみち、母親のような優しさで男を吸い込もうとしている」

勝呂だけではなく、「あの男」の周りでも雪は舞っているのである。

そしてまた別の場面では「坂」も実に印象深く設定されている。妻とのどかに下りる坂は「人生坂の半ば」というように主人公の人生そのものである。坂の向こうには希望を表すかのようにいつも「光」が存在する。

「坂の上のどこかに光源があって、まるで勝呂の祈りに応えたように光を発し、澱んだ霧を透し、彼に焦点をあててきたのだった」

そこに光が存在するのは遠藤が人間の奥底に潜む深層心理のなかに「悪」だけではなく「光」をみ

ようとしたからに他ならない。言葉を変えていうならば、それこそが、ジャック・リヴィエールが名づけた「第三のディメンション」つまり「魂」の部分なのかもしれない。そしてこの「魂」こそが「神の恩寵の光があたる」ところなのである。しかし、遠藤の考える無意識の層のなかに存在する影は消えることはないこともまた確かなことである。ならば遠藤のいう「悪」の根源とは如何なるものを示すのだろうか。

たしかに遠藤にとって影は、深い闇であり、人間の心の奥底にひそむ、神の存在を求めぬ悪の世界である。悪は時には情欲、被虐の喜び、人間の奥に潜むもの、光が届かぬ世界を我々に見せつける。遠藤はたとえば『月光のドミナ』で、「眼には見えぬ何か強い力が僕を一歩、一歩、こうした地獄の中に堕していく」という被虐の快楽に溺れる青年・千曲を描いた。

そこには、人間のもつ希望や愛は、情欲や悪の世界の前では無力なのか、千曲に救いはないのか、と問う作家の視線がある。

しかし、ここでも物語の終盤にその千曲は、彼に呼びかける声を聞く。その声は決して声高には語らない。千曲が快楽を満足させるためにある家に向かおうとするときにもその声は聞こえてくる。もう一度、人生をやりなおせと泣きそうな声で千曲に語りかける。

しかし、その千曲はその家の扉に手をかける。引き留める声はこう続く。

「戸口のところで彼はもう一度、たちふさがった。（どうしても行くのか）そして最後に悲しそうに呟いた。（では行きなさい。私には辛いことだけれどもその情慾がいつかお前に私を求めさせるだろう。情欲の底の底まで沈んだ時、お前は私に手を差しのべるかも知れぬ。たとえ誰がお前を見捨てようとも、私だけはお前を忘れはしない)」

たしかに遠藤の描く基督はたとえいかなるときにも、あたかも同伴者のごとく、共に歩く人に呼びかける。それは、被虐の悦びに浸る千曲とて例外ではない。しかし、そこには、人間の持つ魂が、あたかも無力であるかのように闇に立ちすくむ千曲が存在する。情欲の底に沈んでいく千曲を引き止めることはできない。それでは悪の前に、闇の中に、遠藤の示す光は届くことはないのだろうかという疑問が再び立ちふさがる。人間の心の奥底に沈む無意識の層、そこにその答えが隠されているのではないだろうか。

無意識の問題を考える上で、遠藤が「心の琴線」(「自分づくり」東京新聞)と題し、次のように述べていることに注目したい。芸術は心の琴線に触れてこそ意味があり、それは文学でも映画でも同じことである。では芸術が心の琴線に触れるとは何なのか。遠藤はその問題を無意識の面から考えた。そしてそれを自分に教えてくれたのは、現代キリスト教の文学ではなく心理学者のユングだったと続けた。

キリスト教文学者にとって無意識とは「抑圧した欲望や感情が留まった心の場所」なのである。そしてその抑圧したものは消滅することなく歪んだ形で噴出してくるという。そして、それが罪に変わるというのがキリスト教文学者たちの考えかただった。それはフロイトの考えに近いものであった。

つまりフロイトによれば自分が嫌悪する思い出など自分から遠ざけたいものを抑圧する場所こそが無意識の層であると考える。たとえば夢は、フロイトにとっては性の欲求など無意識に抑圧されたものが表れるものなのである。

周知のとおりユングとフロイトの考え方の違いはさまざまな面から表れている。先に挙げた夢についても、ユングにとっては無意識からのメッセージと捉える。そしてユングは我々の無意識の元型にあるのは、我々をこえた、つまり神を志向しているものではないかと考える。その点からも遠藤はフロイトではなく、ユングに共感するという点については先述したとおりである。遠藤はユングを知ったとき真っ暗なトンネルからぬけ出たような気持ちになったと述べている。それは無意識のなかに暗い、陰気なそして閉鎖的な領域しかみない、という考え方に圧しつぶされ、息ぐるしい気分で文学修業をつづけてきた遠藤にとって一つの方向を示した。遠藤は、キリスト教文学にとって、無意識の領域は罪の温床であるかもしれないが、むしろここにこそ神が働く場所があり、「愛欲という俗のなかに神への慾求という聖なるものへの志向がある」という考えにたどりつく。つまり無意識の層には抑圧されたものだけではなく「もっとも人間の活力のエネルギー、共通思考の場所、芸術や美やイメージを創造する領域がある」のではないかということである。

遠藤はいう。宗教は思想ではない。つまり「宗教とは何かというと、無意識だというのが私の第一の定義なんです」と。その無意識が何より重大なのはそこに魂が存在するからである。

遠藤が捉える悪の問題も、人間の心の底にある魂も、無意識の領域にも、そこに神の存在がなかったら、遠藤の小説は成立しない。つまり人間の心の底に神を求める魂の世界がないのなら遠藤の描いてきた世界もまた存在しない。小説家がその一生を賭けて挑んだものはどんな悪の世界にも、無意識の世界にも必ず届く一条の光である。

我々は『沈黙』を初めて手にしたときの衝撃を忘れることはできない。そこには踏み絵を踏む者への、神の声なき声が、確かに描かれていた。しかしそれと同時に嘆き苦しむ人間の声は果たして神に届くのか、神は本当に存在するのかが幾度となく問われていた。この悲惨な状態のなかでも我々は一条の光を心の中に捉えることができるのかという、魂の問題がこめられていた。

今、闇の中から聞こえてくる人間たちの呻き声や、嘆き、そして哀しみのなかで、我々はいかにそれを乗り越えていけばいいのだろうか。人間の心の奥底に潜む不信、取り払うことのできない不安や恐怖。そして神の存在すら心の中から消えようとするとき、おそらく私たちは、自分の眼で見るまでは信じないと言ったトマのように、何度もイエスの傷跡に指を入れようとするだろう。『死海のほとり』や『札の辻』にも登場した薄汚く、小狡く、肉体の恐怖の前には誰でも裏切る男「ねずみ」なら、指を入れることすらできずに逃げ帰るかもしれない。

しかし、先にも述べたように、この見栄えもしない卑小な男が収容所で、今日一日にもらえるたった一つのパンを仲間にゆずった、というこの話を私は忘れることができない。彼が他の囚人に与えたたった一つのパンは、ほんの一時の空腹感を満たしただけではない。譲られた囚人はもちろん、周りの多くの人の心に、「信じること」の意味を問いかけた。たとえ処刑される人の身代わりにはなれなくても、彼がしたことは、人間は「信ずるに足りる」ということの証明だった。あたかもその一つのパンの中には「聖体」のように神が存在していた。そしてそのとき、たった一つのパンは間違いなく愛のしるしそのものになる。そしてそれは深い闇に立ち向かえるたった一つの光であり、それが遠藤の示す愛の形である。遠藤が信じることを求めるのはそこに愛が存在するからである。

先に「影の世界は暗闇の世界」と述べた河合隼雄は、こうも記した。「人間にとって影とは不思議なものである。それは光のあるところには必ず存在する」と。影は光のあるところに必ず存在するなら、光はまた人間が生み出す影、そして闇のあるところに存在するに違いない。つまり、そこに存在するのは決してきえることのない悪の世界とそれ故人間が求め続ける光の世界である。

今、私には、躰の半分に光が、そしてもう半分は影に包まれた遠藤の登場人物たち、信仰と懐疑に引き裂かれる彼らの声が闇のなかから聞こえてくるだけである。そして、彼らのうしろでイエスの躰に指を入れようとしながら、曲がった自分の指をみつめている一人の男を考える。その生涯をかけて、人間と、そして神を、信じることの意味を問い続けた遠藤の姿がそこにはある。

主要参考文献

『夜』　エリ・ヴィーゼル　みすず書房　一九六七年
『夜と霧』　V・Eフランクル　みすず書房　一九六一年
『アウシュヴィッツは終わらない』　プリーモ・レーヴィ　朝日新聞社　一九八〇年
『われらはみな、アイヒマンの息子』　ギュンター・アンダース　晶文社　二〇〇七年
『神の代理人』　R・ホーホフート　白水社　一九六四年
『イエスの生涯Ⅱ』　ウィリアム・バークレー　新教出版社　一九六六年
『イエスの弟子たち』　ウィリアム・バークレー　新教出版社　一九六七年
『イスカリオテのユダ』　カール・バルト　新教出版社　一九六三年
『七つの歴史的対決』　ゴルトシュミット・イエントナー　白水社　一九六七年
『イエス時代の日常生活Ⅰ・Ⅱ・Ⅲ』　ダニエル・ロップス　山本書店　一九六四年・一九六五年
『聖書の女性　新約篇』　アブラハム・カイパー　新教出版社　一九五五年
『キリストが死んだ日』　ジム・ビショップ　荒地出版社　一九七四年(改訂版)
『キリストはなぜ殺されたか』　J・カーマイケル　読売新聞社　一九七二年
『人間の手の物語』　ウォルター・ソーレル　筑摩書房　一九七三年
『聖書象徴事典』　マンフレート・ルルカー　人文書院　一九八八年
『聖書の植物』　H&A・モルデンケ　八坂書房　一九八一年
『かくれキリシタン』　片岡弥吉　NHKブックス　一九六七年
『南蛮のバテレン』　松田毅一　NHKブックス　一九七〇年
『宗教は生きている③』　毎日新聞社編　毎日新聞社　一九八〇年

主要参考文献

『成熟と喪失』　江藤淳　講談社文芸文庫　一九三三年
『影の現象学』　河合隼雄　講談社学術文庫　一九八七年
『ユングの生涯』　河合隼雄　第三文明社　一九七八年
『ユング心理学の世界』　樋口忠彦　創元社　一九七八年
『日本の景観』　樋口忠彦　春秋社　一九八一年
『前世を記憶する子どもたち』　イアン・スティーヴンソン　日本教文社　一九九〇年
『悪と日本人』　山折哲雄　東京書籍　二〇〇九年
『サド侯爵の生涯』　澁澤龍彦　桃源社　一九六六年
『悪について』　エーリッヒ・フロム　紀伊國屋書店　一九六五年
『文学と悪』　ジョルジュ・バタイユ　ちくま学芸文庫　一九九八年
『遠藤周作』　加藤宗哉　慶應義塾大学出版会　二〇〇六年
『遠藤周作　その人生と『沈黙』の真実』　山根道公　朝文社　二〇〇五年
『遠藤周作の世界』　武田友寿　中央出版社　一九六九年
『遠藤周作の文学』　武田友寿　聖文舎　一九七五年
『遠藤周作論』　上総英郎　春秋社　一九八七年
『遠藤周作論』　笠井秋生　双文社出版　一九八七年
『作品論　遠藤周作』　笠井秋生・玉置邦雄編　双文社出版　二〇〇〇年
『遠藤周作　―その文学世界』　山形和美編　国研選書　一九九七年
『遠藤周作　『沈黙』作品論集』　石内徹編　クレス出版　二〇〇二年
『遠藤周作のすべて』　広石廉二　朝文社　一九九一年
『遠藤周作の研究』　泉秀樹編　実業之日本社　一九七九年
『遠藤周作　挑発する作家』　拓植光彦編　至文堂　二〇〇八年

雑誌・及び特集号

『聖書の謎百科』　別冊歴史読本　一九九六年一月　新人物往来社
『遠藤周作と北杜夫』　国文学　解釈と教材の研究　一九七八年二月号　学燈社
「特集　遠藤周作」　国文学　解釈と鑑賞　一九八六年十月号　至文堂
「宗教と文学」　国文学　解釈と鑑賞　一九七四年七月号　至文堂
「遠藤周作の文学世界」　国文学　解釈と鑑賞　一九七五年六月号　至文堂
「こっそり、遠藤周作」　面白半分1月臨時増刊号（一九八〇年）　(株) 面白半分
「季刊創造　特集遠藤周作＝人と文学」　一九七七年四月号　聖文舎
「別冊新評　遠藤周作の世界」　一九七三年十二月　新評社
「三田文学　特集　遠藤周作」　二〇〇一年　秋季号　三田文学会
「三田文学　没後十年　遠藤周作」　二〇〇六年　秋季号　三田文学会

あとがき

「君は、本を読んだことがあるかい」

大学の卒業論文を書くために一人、山篭りをしていた私に、遠藤周作氏からかかってきた一本の電話。時計はすでに夜中の十二時をまわっていた。

その言葉の意味がわからず黙っていた私に、氏は再び同じ質問をされた。

「君は、本を読んだことがあるかい」

わけもわからず「はい」と答えた私に少し間をおいて氏はこういわれた。

「本を読むということは、その作品に火傷（やけど）すること。作品だけではなく、苦しくとも、その作家と作品に火傷することだよ」


学生時代、幸いにも遠藤先生にお目にかかり、お話をする機会を頂いたことは私にとって何にもかえがたい幸せなひとときだった。幾度となく旅のお供ができたことも本当に有難かった。その旅のお誘いはいつも急だった。たとえば「ジュリアおたあ」の取材旅行で網代に行く日も、朝、「車、出せるかい？」というお電話をいただき、急遽出発することになった。氏の道案内は「あっち」「こっちの方」と甚だ不安で、目的地に着いたときは疲労困憊であったことも懐かしい思い出である。同行させていただいた取材先で遠藤氏が丹念にメモを取るという姿を見た記憶はほとんどない。しかし、後にそのときのことを書いたエッセイなどを読むと、あたかも写真撮影でもあったかのような鮮やかな風景描写と、そこに生きた人たちの想いが描かれていた。旅先で伺った戦国時代に生きた切支丹大名や、名もない武士たちの話を忘れることはない。

また修士論文に取り組むときは、遠藤氏が留学当時ホームステイをしたロビンヌ家をご紹介いただいた。今は亡きロビンヌ夫人から留学当時の氏の様子や、戦争について熱く語っていた青年時代の遠藤周作の思い出などを伺えたことは遠藤論に取り組む上で、貴重な経験だった。

遠藤氏との旅はもう叶わないが、今、長崎の外海町には遠藤周作文学館があり、そこに一歩足を踏み入れると、正面に飾られた氏の写真から、「君は、本を読んだことがあるかい」というあの声が聞こえてきそうで、しばらく足をとめてしまう。

本書はこれまで発表してきた論文、評論を集め、「悪」をテーマに手を加え、再編したものである。

私は「悪」の問題は遠藤文学の根幹をなす問題であると考えている。それは遠藤が初期評論から一貫して取り組んできたものであり、一本の糸のようにどの作品にも綴られている。しかし、今回、取り上げることができなかった作品も多く、『青い小さな葡萄』や『フォンスの井戸』などあらためて取り組みたいと考えている。「悪」の問題はまだ課題も多く、この問題への取り組みは、はじまったばかりだと認識している。お読みくださった方々からご教示をいただき、一歩一歩進んでいきたいと思う。

本書を上梓するにあたり、さまざまな方々のご協力を頂いた。

なかでも遠藤順子夫人には拙文を発表させていただくたびに感想を送っていただだいた。心より感謝申し上げたい。また、元「三田文学」編集長、加藤宗哉氏には纏まらない拙文を丁寧にご指導いただいた。厳しいご指摘もあったが、いつも最後にはあたたかく支えていただだいた。氏のご指導がなければこの本の刊行は叶わなかった。あらためて、心から感謝申し上げたい。

そのほか遠藤学会をはじめ多くの先生方からご教授いただだいた。

特に、大学時代の恩師、元聖心女子大学教授・田中保隆先生には、卒業以来、先生が亡くなられるその年まで「勉強を続けていますか」と一言書いた年賀状を毎年頂いた。深く感謝申し上げたい。文芸評論家の故・武田友寿先生からは多くの資料を頂き、「遠藤論」を書き続けるよう励ましていただいた。そして、ノートルダム清心女子大学教授の山根道公先生には多くの励ましをいただいたばかりでなく、問題点を指摘していただき、ご指導を頂いた。両先生に感謝申し上げたい。

また、近年、町田市民文学館では二度ほど遠藤周作展が開催され、企画委員として参加させていただいたことは貴重な経験だった。その際、資料の整理、収集等、神林由貴子学芸員、一田佳希氏（周作クラブ）ほか、多くの皆様にご協力を頂いた。本書にその資料も使わせていただだいた。この機会に御礼申し上げたい。そのほか諸先生方、出版社の方々、支えてくださった多くの友人たち、最後に家族の協力にも感謝したい。

二〇一五年六月

今井真理

初出一覧

指、その後のトマの　特集●遠藤周作
人と文学『季刊創造』春　第3号　一九七七年四月

遠藤周作試論――『沈黙』のなかの声
『文学・史学』一九七九年五月
『遠藤周作『沈黙』作品論集』二〇〇二年六月所収

〈対決〉のはざまにあるもの　『遠藤周作の研究』所収　実業之日本社一九七九年六月

掌の文学　「こっそり、遠藤周作」『面白半分1月臨時増刊号』一九八〇年一月号

〈無名のひとたち〉の声――遠藤周作における――信じること――の意味
『三田文学』第58号　一九九九年八月夏季号

「悪」のむこうにあるもの――遠藤周作論　特集遠藤周作
『三田文学』第67号　二〇〇一年十一月秋季号

それでも人間は信じられるか――遠藤周作とアウシュヴィッツ
『三田文学』第84号　二〇〇六年二月冬季号

悪の行われた場所　『海と毒薬』の光と翳　「没後十年　遠藤周作　響きあう文学」
『三田文学』第87号　二〇〇六年秋季号

薔薇と復活――遠藤周作の戯曲『薔薇の館』を考える
『三田文学』第115号　二〇一三年十一月秋季号

悪の扉――遠藤周作とサド　総特集　遠藤周作『文藝別冊』二〇〇三年八月
（一部旧姓　小坂真理）

今井真理（いまい　まり）
1953年、東京都生まれ。文芸評論家。聖心女子大学国語国文学科卒業、同大学院修士課程卒業。専門は日本近代文学・現代文学。日本ペンクラブ会員・日本キリスト教文学会会員・遠藤周作学会会員。2007年以降、町田市民文学館での「遠藤周作展」をはじめ、多くの遠藤周作企画展に携わっている。共著として、『遠藤周作の研究』（実業之日本社、1979年）、『遠藤周作『沈黙』作品論集』（クレス出版、2002年）、主要論文及び評論として、「遠藤周作試論―『沈黙』のなかの声―」『文学・史学』1979年5月、「指、その後のトマの」『季刊創造』春第3号1977年4月、「それでも人間は信じられるか―遠藤周作とアウシュヴィッツ」『三田文学』2006年冬季号等がある。

それでも神はいる
――遠藤周作と悪

2015年8月27日　初版第1刷発行

著　者――――――今井真理
発行者――――――坂上　弘
発行所――――――慶應義塾大学出版会株式会社
〒108-8346　東京都港区三田2-19-30
TEL〔編集部〕03-3451-0931
〔営業部〕03-3451-3584〈ご注文〉
〔　〃　〕03-3451-6926
FAX〔営業部〕03-3451-3122
振替　00190-8-155497
http://www.keio-up.co.jp/
装　丁――――――中島かほる
カバー・扉写真――荒木則行
印刷・製本――――中央精版印刷株式会社
カバー印刷――――株式会社太平印刷社

Printed in Japan ISBN 978-4-7664-2254-2

慶應義塾大学出版会

遠藤周作

加藤宗哉著　30年間師弟として親しく交わった著者が書き下ろした初の本格的評伝。誕生から死の瞬間までを、未公開新資料や数々のエピソードを交えて描かれる遠藤周作の世界。　◎2,500円

荷風へ、ようこそ

持田叙子著　快適な住居、美しい庭、手作りの原稿用紙、気ままな散歩、温かい紅茶——。荷風作品における女性性や女性的な視点に注目し、新たな荷風像とその文学世界を紡ぎ出す。第31回サントリー学芸賞受賞。◎2,800円

荷風と市川

秋山征夫著　戦後市川時代の永井荷風の生活を、一時期荷風の大家であった仏文学者・小西茂也の「荷風先生言行録 メモ帖」（新発見）とともに多角的に検証して荷風の内奥に迫る注目の評伝。　◎2,400円

表示価格は刊行時の本体価格（税別）です。